KB158249

레드 카펫이 되는 꿈

레드 카펫이 되는 꿈

피희열 지음

學而思 | 학이사

희망의 노래

제 MBTI는 희귀한 편에 속하는 INTJ입니다. 어떤 일을 대하든 여태 해 오던 그대로는 좀처럼 만족하질 못하고 개선할 여지부터 찾아댑니다. 그 탓에 애당초 분석부터 직접 다시 한 다음, 효율을 위한 개선점을 찾아내는 과정을 새로이 거칠 수밖에 없는 그런 슬픈 뇌 구조를 갖고 있습니다. 만약 그럼에도 해 오던 대로 해야만 하는 일이라면, 굳이 직접 손대야 할 이유를 찾아내질 못합니다. 스스로를 납득시킬 만한 이유를 찾지 못하니까요.

조금 좋아하는 것 또한 하지 못합니다. 꼭 그렇게 하려던 건 아니나, 하다 보면 어느새 그렇게 되고 맙니다. 일이든 취미든 이왕이면 영혼을 꾹꾹 눌러 담아, 어떻게든 효율을 조금이라도 높여보고자 부단히도 용을 쓰며 사는 걸 선호합니다. 애를 쓰며 살 수 있다는 것은 축복입니다. 하물며 그것이 재미도 있고 또 좋아하는 일이라면 더욱. 그 덕에 능률도 오르고 가시적 발전 또한 따라와 준다는 전제 안에서는 말이죠.

반면에 그렇게 할 수 없는 상황은 커다란 재앙입니다. 그럼에도 지속해야 된다면 스스로를 지탱할 방법은 이렇습니다. 조금 덜 좋아하며, 예전처럼 용을 쓰지 않으며, 애써 희망을 노래하지 않으면 될 일입니다. 덕분에 남들 다 겪는 사춘기를 겪은 것 같지도, 딱히 여드름이 난 것 같지도 않은데 마흔에 이르러서야 아주 호된 사춘기를 겪었습니다.

아무래도 엄마 생각은 저와 다를지도 모르겠습니다만. 그즈음 필요에 의해 다시 찾게 된 책들 덕분에 '나는 누구인가?', '어떻게 살 것인가?'와 같이 매우 추상적이고 삶의 근간에 가까운 질문들이 찾아들었습니다. 비록 아직 그 답을 찾지는 못했지만 구하는 동안 그토록 염원하던 마음의 평온은 찾아들었습니다. 어찌나 다행인지. 그렇게 지금껏 이어지고 있는 독서 습관 덕분에 생에 여느 때보다 감사한 삶을 살고 있고, 그 과정은 매우 만족스럽고 즐겁기까지 합니다.

그보다 더 재미있는 건 정작 MBTI 검사를 해 본 적은 없다는 겁니다. 성격상 남들이 호들갑 떠는 것일수록 더욱 외면하는 편입니다. 굳이 관심을 두지 않고 살던 어느 날 아내가 INTJ 특징 몇 가지를 보내주어 슬쩍 들여다봤습니다. 마치 제 얘기를 누가 대신 해놓은 느낌이더라고요. 그로부터 며칠간은 유튜브 영상도 찾아보며 불운하게도 저와 같은 슬픈 뇌구조를 가진 그런 분들을 여럿 보았습니다. 묘한 기분이었습니다. 나만 미친놈은 아니었구나 하는 걸 깨달은 것만으로도 큰 위안이 되었습니다. 정작 위로를 건넨 사람

하나 없이도 말입니다.

역시나 사람은 혼자가 아니란 걸 느낄 때 그 어떤 위로 보다 더 큰 안도감이 밀려오나 봅니다. 톰 행크스도 윌슨이 아니었다면 살아서 돌아가긴 어려웠을 겁니다. 무인도 영화 〈캐스트 어웨이〉에서요. 말처럼, 생각처럼 쉽지는 않겠지만 그래도 윌슨보다는 더 나은 인간으로 내일을 살아가야겠습니다. 걔는 비록 배구공이지만, 사람인 '척'을 4년간 지탱해 준 친구니까요.

마흔의 사춘기를 겪으며 제가 깨달은 것은 무엇보다 스스로를 잘 알아야 하며, 자신에게만큼은 솔직해야 비로소 행복도 추구할 수 있다는 것입니다. 어쩌면 MBTI 검사도 스스로 행할 수 있는 종류의 것은 아닐 겁니다. 내가 나를 잘 안다는 것에서부터 스스로에게 솔직하기까지란 말처럼 쉬운 게 아니니까요. 내면을 들여다보기란 오롯이 혼자가 아니고서는 불가능한 일이고, 이는 반드시 자의적 고독을 필요로 하니까요.

고독은 인간을 스스로 성장시키는 자가발전의 무한동력입니다. 반면에 외로움은 수동적이라 고독과는 본질적으로 다릅니다. 스스로 고독한 인간은 있어도 스스로 외로운 인간은 없습니다. 스스로에게 솔직해진다는 것은 그만큼 어려운 일입니다. 있는 그대로의 나를 세상에 내보이는 걸 두려워해서는 무엇보다 스스로에게 솔직할 수 없고, 자신에게조차 솔직하지 못한 사람이 타인에게 솔직하기란 더욱 어려운 일이니까요. 솔직함 그게 뭐라고, 좀 '척' 도 하고 사는 게 어때서라고 하실 수도 있겠지만 그것은 곧 행복의 근간 그 자체입니다. 그래야 살 수 있습니다. 우리 모두는 성인군자가 아니며, 그렇게 돼야 할 이유 또한 딱히 없으니까요. 그뿐만 아니라 어쩌면 죽어도 하기 싫은 일을 심지어 티도 못 내며 해야 될지도 모릅니다. 생각만 해도 끔찍하고, 자신에겐 더욱 가혹하고 미안할 일이죠.

뒤늦게 찾아온 제 사춘기는 아무래도 제 마음이 과했던 탓이지 싶습니다. 무리를 하다 보면 어디서든 탈이 나게 마련이니까요. 그러니 뜻밖의 시점에 사춘기 엇비슷한 게 찾아오더라도 너무 당황하지 않으셔도 됩니다. 뭐 다들 그렇게 표류하며 사니까요. '척 놀랜드' 처럼요.

이 책의 표현 가운데 상당수는 반어법이 들어가 있습니다. 애초에 "희망의 노래"라는 가제부터가 그랬습니다. 글을 쓰게 된 동기도, 책을 마무리하는 시점에 정하게 된 "Song of the wishes, 바람의 노래"라는 제목도, 실은 절망과 체념에서 비롯된 것이었으니까요. 뜻밖에 퇴고의 시간이야말로 정작 써 내려가는 것보다 지지부진한 인고의 시간에 가까웠습니다.

이후 좀 더 직관적인 제목이 좋겠다는 주변 의견을 수렴하여 바람의 노래와도 한 번 더 이별을 고했습니다. 어쩌면 애초부터 독자층이 좁다는 이유로 제 스스로 어떠한 벽을 두어왔던 건지도 모르겠습니다. 소재 이야기야말로 제가 가장 잘할 수 있는, 자신 있는 분야임에도 말이죠. 앞으로도 저는 올바르다고 굳게 믿었던 어제의 나를 부단히도 설득 시켜 가며 살아봐야겠습니다. 생은 어쩌면 그런 과정일지도 모르니까요. 어제의 굳건했던 제 믿음조차 그때는 맞고 지금은 틀린 영화처럼요.

아무쪼록 '쉬이 쓰인 글'을 비롯한 제 나름의 위트를 알아봐 주시고 즐겨봐 주신다면 더할 나위 없이 기쁠 것 같습니다. 그리고 무엇보다 중요한 것은 저처럼 비싼 값을 치르지 않고서도, 그나마 쉽게 깨달음을 얻어 가는 그런 분들이 있어야만 한다는 점입니다. 쉬운 깨달음이 어디 있겠냐마는 그럼에도 간절히. 그들처럼 귀한 존재 없이는 이 책의 존재 또한 무의미해지니까요.

(어제와 오늘이 그러했듯 섬유가 처한 현실은 내일도 변함없이, 그럼에도 불구하고의 상황이겠지만, 개인적인 성장만큼은 꾸준히 도모하며 아무쪼록 나아가시길 기원합니다.)

진심을 쏟고 영혼을 담는 일은 죄다 "그럼에도 불구하고"의 결입니다. 그렇게 대하지 않는 이상 꾸준히 할 수도 없을뿐더러 성장을 거저 바라긴 더더욱 어렵고 염치없는 일이니까요. 어쩌면 생은 그러한 대상을 '그럼에도' 찾아 나서는 여정일 겁니다. 설령 끝끝내 찾을 수 없다 해도. 그러니 행여 소모되고 있다고 느껴진다면 바로 지금이 찾아 나서야 할 때인지도 모릅니다. 정확한 과녁에 쓰이는 화살이라면 소모라는 허망한 감정이 들지는 않을 테니까요.

무엇보다 앞서, 과정이 아닌 결과에 관한 결핍만은 아닌지 자기점검은 반드시 필요합니다. 어디에서 비롯된 건지 나조차도 모르는 막연한 결핍이라면, 그 누구도 나 대신 채워주지는 못할 거니까요. 우리가 결핍을 메워가며 행복을 사는 방법 중에 더러는 돈으로 살 수 있어서 손쉽게 소유 가능한 것도 있겠지만, 그보다 훨씬 비싼 값을 치르며 어렵게 배워서 얻어내는 쪽이 훨씬 많을 겁니다.

구태여 하지 않아도 되는 것과 그럼에도 꼭 해야 될 것부터 적극적으로 구분하면 좋겠습니다. 그다음은 어쨌거나 그저 열심히 해 볼 따름입니다. 막연한 기대에 기대어 마냥 기대하고 살 수만은 없는 게 인간이니까요. 그러니 부디 이게 나에게도 우리 서로에게도 과연 최선인지, 그저 걱정만 하는 대신에 늘 물음을 달고 살면 좋겠습니다. 서로가 서로를 돌보고 염려하는 헤아림과 보살핌 없이는 어떠한 것도 혼자 완성할 수 없는 것이 이노무 원단이니까요. 그럼에도 늘 더 나은 나를 바라고 사십시오. 그 바람에 한 번 목청껏 불러도 보십시오.

마음 저 깊은 곳, 저마다 하나쯤은 품고 있을 바람의 노래를.

2023년 5월
피희열

1부
응원

당신을 위한

슬기로운 섬유생활

이 업을 하고 있음에 감사하고 벅차서 울컥했던 그런 날이 불과 몇 달 전에 있었다. 무언가를 열정적으로 대하는 것은 오롯이 자의가 아니고서는 불가능하기에, 그 자체만으로도 커다란 축복이다. 누구라도 그런 뿌듯한 하루를 겪어보았다면, 지금 제대로 가고 있는 게 맞는지 최소한 의심을 품지는 않아도 된다. 생의 길목에서 무언가를 열정적으로 할 수 있는 시간은 생각보다 그리 길지 않다. 하물며 열과 성을 다해 일을 배워나가는 시기에 어디에서 어떤 일을 어떻게 하느냐가 얼마나 중요한지는 굳이 설명하지 않아도 될 만큼이니 말이다. 혹시 지금의 내가 무언가를 아끼고 있는 것은 아닌지 이따금 의심은 해 볼 필요가 있다. 그리고 그것이 다름 아닌 열정이라면 경로든 진로든 수정이 불가피한 상황이다.

내가 외면하고 안주해 버린 현실 탓에 한껏 태워보지도

못한 불길이라면, 훗날 제대로 써보지도 못한 나의 열정에게 너무 미안하지 않기 위해서라도. 열의란 외부의 작은 스파크에도 쉬이 불붙을 만한 마른 장작이 아니다. 땀과 노력이라는 수분을 스스로 어느 정도는 배출하고 나서야 비로소 안정적으로 타오르기 시작하는 법이니까. 그러다가도 어느 날씨 짓궂은 날엔 거센 파도가 몰아치기도 하니까.

누가 대신 불붙여 주는 열정이란 존재하지 않는다.

갖는 것도 유지하는 것도 결코 가벼운 것이 아니거니와, 실은 그 또한 별반 다르지 않을 테니.

섬유산업, 크게는 패션 그 가운데 어떤 공정에 놓여 있건, 재현산업 특성상 개발 과정에서부터 납품을 하는 일련의 긴 과정이 그야말로 얼마만큼의 재현을 다시 해내느냐에 따라 굴곡이 많은 일이다. 그럼에도 새로운 개발 목표 혹은 신규 사종과 가공법에 따라 세상에 없던 것을 창조해 나아가는 일은 언제나 설렘 그 자체다. 다만 과정에서의 우여곡절을 두려워하지 않고 굴복하지도 않으려면 자가발전에 가까운 열정 없이는 도전을 지속해 나가기란 불가능에 가깝다. 세상에 그렇지 않은 일이 어디 있겠냐마는. 사실 제품 "특성상"을 얘기하고 설명해야 할 상황이 생길 때면 매번 어김없이 나 자신이 너무 초라해진다. 스스로 한계를 규정하고 인정하는 것만 같아서. 특성상은 실은 나에게나 필요한 것이지, 고객에겐 싫은 거니까. 고객이 고맙게도 나를 알아줬으면 그만이지, 굳이 특성까지 알아야겠냐고.

언제나 외부 요인보다는 내 안에 존재하는 내부요인이 관건이다. 지금까지 무엇을 해보았느냐보다는 그것을 토대로 지금 혹은 앞으로 벌어질 상황에서 어떤 생각을 어떻게 할 수 있느냐가 중요하다. 그러라고 쌓는 게 경력 아니겠는가? 의류가 만들어지는 과정 중에 단지 원부자재에 속하는 원단 생산을 맡고 있다는 개념에서 나의 공정이 그와 별개가 아니니 톱니바퀴를 공동 구성한다는 개념으로 부디 받아들여야 한다. 각 공정에서 완성·납품만을 보아서도 안 되며 앞뒤 공정을 내가 먼저 알아서 염려하고 또 배려해서, 결국 디자이너가 그리고자 하는 그림이 실체로도 구현될 수 있도록 해야 한다. 열린 마음으로 각 공정에서 할 수 있는 최선의 생각과 노력을 기울여 나아가야 한다.

타인을 위한 제품을 생각하고 염려하는 마음, 그것이 바로 소재를 다루는 이가 가져야 할 기본 소양이자 나아가야 할 방향일 테니까. 세상에 변하지 않는 건 없다지만, 나라는 사람 하나부터가 정말 변하기 어렵다. 작은 습관 하나조차도 쉬이 고치기 힘든 게 사람이니까. 그 변화의 시작은 늘 특별한 이벤트가 아닌 가장 사소한 일상에서부터일 테니, 내일도 그저 열심히 살아보려 한다. 모두의 건투를 빈다. 달리 방법이 없으니까.

팬데믹과 원자재의 역습

"섬유는 사양산업이다." 섬유를 처음 시작한 순간부터 지금에 이르기까지 너무 지겹도록 들어온 말이라, 이제는 정말이지 나야말로 사양하고 싶은 그런 말이다. "올해는 진짜 문 닫을 공장이 많을 것 같아요.", "이제는 정말 일할 사람이 없어요." 아니라고는 말하지 않겠으나 이하 동문. 꼭 사양산업이 아니더라도 어려움은 늘 우리 곁에 존재해 왔고, 꼭 섬유가 아니더라도 모든 업종이 이제는 포화시장이 아닐 수 없다. 그럼에도 꼭 원흉을 찾아야겠다면 답은 사양산업도, 이미 포화된 시장도 아닌 다른 부분에서 찾는 것이 더 현명한 일이 아닐까?

산업의 효율화로 인한 과잉공급의 시대, 그것은 곧 정해진 미래를 부른다. 산업 전 분야를 걸쳐서 서비스에 이르기까지 구독이 이루어지는 시대, 과잉은 늘 우리 곁에 공존해 왔다. 이를 두고 갑자기 놀랄 일이라 하면 되레 그것이 더 놀랄 일이 아닌가? 오히려 포화되지 않은 시장을 찾기가 더 어려운 그런 시대를 우리는 살아가고 있고, 내일은 더 넘쳐날 것이 너무나도 뻔하다. 쉬운 답은 굳이 따로 찾아야만 나오는 것이 아니다. 그저 주머니에 품고 있던 것 중 꺼내기 편한 걸로 그냥 하나 꺼내 놓으면 그만이다.

이제는 익숙해져 버린 마스크처럼 팬데믹에도 조금 익숙해졌다고 생각할 때쯤 진짜 문제는 시작되었다. 2021년에 SPANDEX를 포함한 원단을 다뤘던 이들은 모두가 알 것이다. 우리가 흔히 일컫는 스판(스트레치 원단, 이하 스판이라 부른다.)에는 신축성과 복원력을 위해서 실제로 고무를 집어넣는다. 그 작업을 하는 공장이 그간 마스크용 고무줄로 사업 전환을 많이 했고, 거기에는 기계 개조가 따른다.

지난 몇 년간 스판 오더가 주춤했던 터라 중국으로 판매된 중고 기계들도 많았다. 원자재 상태에서 이루어지는 작업 기반이 실질적으로 무너진 셈이다. 거기다 원단에는 비수기가 있을지언정 마스크만은 비수기를 상상할 수 없는 그런 시대를 살고 있다. 과연 나라면 어떤 작업을 선호할지 생각해 보면 누구를 탓하기도 민망하다. 다른 원자재들 또한 이처럼 기반이 흔들리거나 내 피부에 직접 와닿기까지의 시간이 그리 머지 않았음을 어렵지 않게 예측할 수 있는 시점이다.

특히, 중국에 의존하고 있는 원자재라면 그 여파는 더할 것이다. 중국은 수출대상국의 자국 생산 기반이 흔들릴 때쯤 여지없이 가격을 올리고 만다. 우리에겐 잔인한 일이지만 그들에겐 국익을 위한 똑똑한 전략이다. 그럴 능력만 된다면야 어느 국가나 그러지 않기가 힘든, 오히려 부러운 일이다. 게다가 화학섬유라면 국제 유가와도 직접적인 영향이 있다. 석유가 곧 원자재인 우리는 원사보다 더 앞의 원자재들과도 위험한 공생을 하고 있는 셈이다. 그렇지 않은 산업이 어디 있겠냐마는 섬유에 있어서 원자재란 더욱더 연쇄적일 수밖에 없는 결정적 요인이다.

팬데믹의 시작과 함께 일제히 수축되었던 시장은 막연한 기대에 기댄 예측 생산으로 인해 일시적 팽창이 되기도 했다. 하지만 실질적인 판매로 인한 선순환 생산이 아니었기 때문에 지속가능성까지는 기대하기가 어려웠다. 거리두기 완화 및 해제 등 코로나로부터의 일상 회복을 알리는 반가운 뉴스들이 쏟아져 나오는 지금에 이르러서야 진짜 뚜껑이 열리게 될 것이다. 우리도 이제는 현실감각을 되찾고 진짜를 확인할 시간을 맞이했다.

2년이 넘는 시간을 숨죽여 온 소비자들이 과연 실물경제시장에서 어디에 얼마만큼의 가처분 소득을 사용할 것인가? 개인적으로는 라이프스타일 그 자체가 참 많이 바뀐 시간이었는데, 다른 사람들에게도 그런 시간이 아니었을까? 대부분의 산업이 힘들었을 것이고 오히려 팬데믹 기간을 특수로 누린 업도 있었을 것인데 원래 있던 자리로 다시 돌아가지는 않을까?

짧지만은 않았던 시간이었고 그간 삶은 바뀔 수밖에 없었다. 회복되는 삶에는 분명 회귀하는 부분도 있겠지만 전에 없던 경험으로 인한 깨달음 덕분에 다시는 돌아가지 않을 부분도 분명 있을 것이기 때문에 흥미롭다. 더 고무적인 것은 당연하게 여겨온 것들조차 이제는 새롭게 들여다볼 여지가 생겼다는 것이다. 물론 코로나가 우리에게 앗아간 것들이 너무 많지만 그것들과 맞바꾼 귀한 깨달음인 만큼 잘 써봐야 할 것이다. 그 과정에서 면밀한 관찰을 통해 유연한 사고와 도전으로 득을 보는 이들이 부디 이 업 안에서도 많기를 바란다.

당연한 것은 없었고, 이제는 의심할 시간이다. 당연하게 여겨왔던 것들부터.

섬유라는 재현再現산업

세상에 같은 원단이란 존재하지 않는다. 실은 어디까지나 최대한 가깝게 보이게끔 그저 최선을 다해 볼 따름이고, 지극히 아날로그적인 재현산업의 외로운 숙명이다. 원단 개발로 시작해서 수주를 받아 그 원단을 다시 납품하기까지 그리고 또다시 봉제를 거쳐 완성품인 옷으로 매장에 입고될 때까지 그 사이엔 실로 많은 공정들이 있고, 앞뒤에 놓인 공정들은 어떤 식으로든 서로 영향을 끼치기 마련이다.

예민한 사람들의 경우 실제로 매장에서 같은 옷을 보더라도 옷감의 컬러나 촉감의 미세한 차이를 알아차릴 수 있을 것이다. 최소한 그러한 고객만큼은 예민한 사람이라야 유리한 업종이란 얘기다. 원단으로 시작해서 완성품인 옷에 이르기까지 그 사이 각 공정들 중에, 잘 모르는 내 눈에는 쉬워 보일지 몰라도 쉬운 일은 사실 하나도 없어서 각자의 예민함을 그저 보태어 보는 수밖에 없다. 예민함을 만족시킬 수 있는 건 언제나 또 다른 예민함뿐이리라.

아는 사람은 모르는 사람을 결코 이길 수 없다고 했다. 밥 벌어먹는 일은 누구에게나 어려운 일이고, 내가 잘 모르는 타인의 고충을 안다고 할 수도 없거니와 그저 상상하는 것만으로는 오롯이 다 헤아릴 수도 없는 노릇이다.

각자 제 역할 하나 해내지 못하면, 내 뒤에서 나를 대신해 그걸 헤아리고 채워줄 관대한 타인은 없을 거란 얘기다.

내가 먼저 예민해야 한다. 실은 그게 전부니까. 결국 우리가 죽고 사는 섬유라는 것이 수치적인 잣대로는 가늠할 수도 없을뿐더러 개개인의 예민함에만 전적으로 기댈 수밖에 없다. 그야말로 아날로그적이면서도 감성적이기까지 한 일이라 그 사이 수치화할 수 없는 공정들도 무수히 많다. 지극히 구시대적인 산업이란 얘기다. 그 예민함이 처음부터 끝까지 이르는 동안에 유지 계승되지 않고서야 또 다른 예민함을 충족시킬 수는 없을 것이다. 여기까지만 보더라도 똑똑한 사람들은 이미 쉽게 발을 들이면 안 되는 업이구나 눈치를 채겠지만, 이 글을 쓰고 있는 나도 굳이 읽고 있는 독자 중 일부도 안타깝게도 이 업을 하고 있을 것이다.

올해로 이 업을 한 지도 12년째라 새로운 사람들을 만나는 일이 갈수록 적어지긴 하지만, 혹 새로운 사람과 차라도 한잔하게 되는 자리가 있다면 어김없이 하는 질문이 있다. "이 업을 시작하게 된 계기가 뭡니까?" 단순한 문장이지만 그 사이에 숨겨둔 뜻이 있다. "도대체 어쩌다 섬유를 시작해서 지금 이 고생을 하고 계십니까?" 숫자처럼 믿고 기댈 만한 것이 아닌, 그렇다고 해서 수치화가 되지도 또 할 수도 없는 것을 토대로 아름다움을 추구해야 하는 이 길이 얼마나 고단한지를 이제는 잘 알고 그 수고스러움에 공감하기 때문이다.

삼성이 하지 않는 사업에는 이유가 있고, 또 그것은 해서는 안 되는 일이라 했다. 다름 아닌 거기서 해답을 찾아야 한다. 수치화도 안 되고 정답도 없어서 삼성조차도 어려워하는 그런 일이라면, 보편적인 경쟁이란 잣대를 두고 봤을 때 혹시 다른 산업에 비해 훨씬 수월할지도 모르는 일이 아닐까? 이를테면 최소한 골목상권까지 노리는 거대 기업은 없고, 특별한 자격을 요하지도 않기 때문에 다만 예민한 내가 되어서 이 업을 예민하게만 대해 본다면, 한 번 해볼 만한 그런 일이 아닐까? 오늘도 어디선가 저마다의 예민함으로 이 업을 대하고 있을 이들에게 응원과 찬사를 보낸다.

해를 품은 달
- 불안한 당신을 위하여

성격상 무언가를 먼저 저지르고 나서 밀려오는 불안을 견디기보다는 사전에 상상할 수 있는 선만큼 최대한 경우의 수를 따져보다가 해볼 만하겠다 싶은 설렘과 기대가 찾아오는 순간 비로소 저지르는 것을 좋아한다. 추진력이 마냥 좋기는 어려운, 쉽지 않은 성격이다. 이러한 일련의 과정들을 내 안에서 충분히 숙성시키고 나서야 내 마음도 마침내 추진을 허락하니까. 상대적으로 더 많은 시간과 생각이 소요될 수밖에는 없다.

그렇게 하더라도 변수는 어김없이 찾아오게 마련이다. 그나마 다행인 건 가만히 불안을 들여다보고 있노라면 변수인 척만 하는, 정작 변수가 아니었던 상수들이 비로소 눈에 들어온다. 불안만큼 우리의 상상력을 자극하는 것도 없으니 설령 지금 불안을 안고 있다고 해서 너무 불안해만 할 필요는 없다. 그로부터 비롯된 준비 동작은 더 이상 불안만이 아닌 확신으로 바꿔줄 테니까.

불안은 나의 힘이고, 단지 그것이 어디를 향하는가가 전부다. 마음이 하는 일이 대개 그러하듯이. 불안이란 어쩌면 인간에게만 허락된, 해를 품은 달일지도 모른다. 그러니 마땅히 잘 품어야 한다. 불안이라는 어둠을 품고 잉태한 뜨거운 마음이라면.

나는 준비 동작을 사랑한다. 그로 인해 맺어지는 결실도 물론 짜릿하지만, 준비하는 과정과 그 안에 있는 나를 사랑한다. 하나부터 열까지 누구에게 지시를 받기에는 자칫 좀스럽기 십상이고 매우 포괄적인 개념이라, 원한다면 누구나 상상하는 만큼의 차이를 만들어 낼 수 있을 거란 얘기다. 애초에 정답이란 존재하지 않는다. 누가 시켜서 할 수 있는 수준을 뛰어넘는 만큼 아무리 꼼꼼히 준비한들 또 다른 돌발 상황은 늘 오게 마련이다. 그저 마음이 시키는 대로 저마다 기질에 맞는 길로 가면 그만이다. 우리는 늘 자신이 할 수 있는 범위 내에서만 최선을 다할 따름이니까.

오래 걷고 싶은 길일수록 자신을 더 들여다보고, 그저 내게 맞는 방향으로 꾸준히 나아가는 게 무엇보다 중요하다.

어쨌든 우리는 내일도 움직여야만 하고, 궁극적으로 움직이게 하는 것도 나 자신이니까. 그게 불안에서 오는 선제적인 힘이든 그때그때 맞는 사후 처리든 이왕이면 자신에게 맞는 방법이어야 지속가능성도 있을 테니까. 인생은 고통이고 순탄한 길이란 존재하지 않는다. 다만 쓸만한 고통이기를 바랄 뿐, 지금 쓰고 있는 것처럼.

내가 나를 대하는 태도

우리는 살아가며 끊임없이 모르는 내일과 마주한다. 아무리 오래 산다고 한들 제아무리 저명한 학자라고 한들 내가 모르는 세상이 더 클 수밖에 없는 이유도 바로 이 때문일 것이다. 내가 아무리 안다고 한들 그것은 내가 아는, 나도 알 만큼의 제한된 영역과 시간 안에서일 뿐이다. 더군다나 그 앞에 놓인 수많은 모르는 내일들을 생각하면 당연한 일일 수밖에는 없다.

때에 따라서는 내가 지금까지 쌓아 올린 지식이 너무나도 자랑스럽고 더러는 기특하기 마지않은 때도 있겠으나, 그것이 전부여서도 안 되고 또 그것만으로는 살아갈 수 없는 노릇이다. 지금까지는 그럭저럭 괜찮았다고 치자. 내일은 어찌할 것인가? 물론 여태 노력하며 살아온 것은 맞고 칭찬받아 마땅한 일이다. 다만 내일은 어찌할 것인가? 공부를 하지 아니할 수가 없다. 지금의 밑천으로 여태까진 통했을지 모르겠으나 내일은 또 모르니까. 우리는 싫든 좋든 어김없이 새로운 내일을 맞이하게 되고 또 어떠한 낯선 상황을 마주하게 될지 지금으로선 도무지 알 길이 없다.

암보험을 장기간 들어 놓고는 보험금을 타 먹지 못했다고 해서, 도저히 억울해서 못 살겠다며 보험사를 찾아가 고래고래 욕을 했다는 사람은 보지도 못했고 뉴스에서 들어본 바도 없다. 실은 오히려 감사할 일이니까. 그렇다, 공부는 어떻게 보면 보험과도 유사하다. 다만 다른 점이 있다면 혜택을 전혀 못 받진 않은 것 같은데, 언제 어떻게 받았는지 명확히 인지하기도 어렵고 과연 다 받은 게 맞는지 의구심은 좀 들 수 있다.

아는 것과 모르는 것을 대하는 태도가 곧 알 수 없는 내일을 대하는 나의 마음가짐이 아닐까? 오늘의 내가 가진 밑천이 내가 가진 전부라고 여기며 스스로를 규정해 버리면 거기서 더는 나아가기 어렵다. 반면에 이미 알고 있는 것보다 모르는 걸 마주했을 때 더 반갑고 기뻐하는 사람이 있다면 그의 내일은 나조차도 기대가 된다. 아는 사람도 아니면서. 반대로 궁금해하지도 공부하지도 않는다면 언제고 밑천이 드러날까 두려워할 수밖에 없다. 심지어는 그것을 은폐하기 위해 요리조리 피해 다니거나 언제 들통날지 모르는 거짓말까지 동원하게 될지도 모른다. 숙제를 안 해 온 초등학생도 아니면서.

그렇다. 내가 몰랐던 새로운 걸 마주할 준비가 된 사람은 모르는 걸 모른다고 말할 수 있는 사람이다.

비록 지금 당장은 모르지만 이미 알고 있는 것도 적지 않으니 그것 또한 금방 배우고 깨우칠 준비가 되어있는 그런 사람. 반면에 내가 모른다는 걸 남들이 알까 두려워하는 사람이 맞이할 새로움이란 존재하기 어렵다.

사람은 모를 수 있다. 불완전한 사람이기에. 다만 내일은 알 수 있다. 이 또한 사람이기에. 내일 더 나은 내가 될 수 있게 해주는 학습능력이라는 축복을 받고 태어난 사람이기에. 낯선 상황을 마주했을 때 머리를 어떻게 써야 되는지 모를 기로에 서있을 때도 믿고 기댈 만한 곳은 오직 여태 공부하고 생각하며 살아온 나 자신밖에 없다. 모르는 것을 대하는 태도가 곧 나를 대하는 태도나 다름없다고 생각하면 읽지 않을 수가 없고 쓰지 않을 수가 없다. 되레 이걸 나보다 먼저 안 사람들에게 질투 아닌 질투가 날 만큼. 그러니 어쩌겠는가?

당장 내 눈앞에 놓인 편한 선택과 불편한 선택 중 어떤 걸 택했을 때 내가 지금 편안한지 모르는 사람은 없다. 미래의 내가 편할 선택과 불편할 선택 또한 마찬가지다. 다만 이 또한 선택의 문제일 뿐. 택하고 행하며 때로는 깨닫고 때로는 후회하며, 그렇게 자신을 알아가면서도 여전히 불편한 선택을 하는 자신을 보게 된다면, 그것이 당신의 길이다. 비록 몸은 고될지언정 기어코 가야만 하는 길.

공부를 수단이 아닌 목적으로, 배워서 당장 무엇을 하기보다는 그 자체가 재미있어서 아니 할 수가 없게, 그러다 보면 언젠가는 그 쓸모를 찾게 될 것이다. 수단이란 놈은 눈치가 빨라서 저를 바라보는 게 아니란 걸 이내 알아차리고야 말 거니까, 어디까지나 수단이 아닌 목적으로. 무엇이든 그 자체를 목적으로 대할 때 비로소 큰 뿌리를 내리고, 그 시간이 길어질수록 더 큰 그늘을 드리우게 될 테니. 아무쪼록 불편한 선택을 더 가까이하며 불편한 오늘을 살아가기를.

스스로 구하며 사는 삶

내가 언제 행복한지 세상에서 제일 잘 아는 사람은 마땅히 내가 되어야겠지만, 자신을 잘 아는 사람은 사실 그리 많지 않다. 지금 이 글을 쓰고 있는 나 또한 마찬가지인 것처럼. 먼저 자신을 오롯이 들여다보아야 하고 들여다보는 동안만큼은 솔직한 나여야 하는데, 과연 그것을 의식하고 들여다보는 내가 얼마만큼 솔직한 나일까는 나조차도 마냥 자신할 수 없는 어려운 일이기 때문이다. 그보다는 오히려 무심코 나를 발견할 때가 차라리 더 나다운 걸지도 모른다.

후배들에게 청첩장을 받을 때마다 해주는 조언이 있다. 연애 때는 대부분 즐거운 일을 같이 하지만 그와 반대로 결혼은 대부분 힘든 일을 같이 해나가는 거라고. 어쩌면 우리는 편안하고 즐거울 때보다 불편하고 힘들 때 나오는 면모가 여과 없이 더 나다운 모습일지도 모른다. 평온할 때의 나는 무엇을 대하든 여유가 있기 때문에 너그러울 거니까.

이러한 측면에서 바라보면, 여력이 있을 때 나는 내가 원하고 바라는 나일 수는 있어도 진정한 나라고 보기는 어렵다. 인간의 삶을 크게 나누어보면 일하는 시간, 쉬는 시간, 잠자는 시간으로 나눌 수 있다. 잘 먹고 잘 산다는 건 결국 일에 시간을 투자하는 대신에 얻어내는 성과로 나머지 시간의 질을 높일 때 가능하다. 벌거나 번다해지거나. 우리는 벌어야 한다. 나와 내 가족의 건강과 행복처럼 돈으로 살 수 없는 것들을 지켜내기 위해. 그것이 원활하지 않을 때 우리의 마음은 이내 번다해지고 마니까. 어떻게 살 것인가는 곧 어떻게 벌 것인가와 별반 다르지 않다. 어떤 일을 통해 어떻게 벌 것인가의 문제인데 결국 내가 해야 되는 일이기 때문에 먼저 나부터 잘 알아야 한다. 나를 볼모 삼아 벌어오는 거니까. 늘 행복할 수만은 없다. 이를테면 웃으면서 남의 주머니에 손을 넣어 돈을 빼내오는 일이고, 그 과정에서 제지를 받지 않을 만큼의 일을 해나가는 거니까. 결국 강도와 노동자의 차이도 합당한가 아닌가 하는 수긍의 문제다.

어쨌든 우리는 벌어야 한다. 행복할 때도 불행할 때도. 결국 나를 태워서 버는 게 돈이라면, 어떤 곳에 얼마나 태우면서 살 것인가는 어떤 행복을 원하느냐에 따라 끊임없이 구해야만 한다. 이왕이면 내게 맞는 일이라야 지속가능성도 더 생길 테니까. 자동차도 연비가 좋은 차가 있고 그렇지 않은 차가 있는 것처럼, 개개인의 행복에 필요한 요건 또한 마찬가지로 천차만별일 테니까.

인간은 행복을 추구하며 살아간다. 다름 아닌 일로써.

일하는 시간의 나, 쉬는 시간의 나, 그리고 잠자는 시간의 나와 내 가족의 행복을 위해서, 과연 나는 어떤 일을 어떻게 하며 살아갈 것인가? 이는 결국 스스로를 오롯이 들여다보고, 선택 또한 고스란히 나만의 몫인 일생의 철학적 과제인 셈이다. 답은 여기에 있다. 위인전을 읽는다고 해서 누구나 위인이 될 수 있는 것도 아니지만, 누구나 위인처럼 살고 싶은 것도 아니니. 어떤 일을 할 것인지 어디까지나 나의 행복을 전제로 골라야 하고, 그 일을 어떻게 할 것인지도 매한가지다. 아무나 가기 힘든 길을 꾸준히 헤쳐가며 성공까지 거머쥐는 인간상은 누가 봐도 너무 멋있지만, 그것 이상으로 순탄하지만은 않을 거니까.

나를 들여다보는 일은 그래서 중요하다. 나의 행복을 전제로 하지 않는 일에 지속가능성이란 존재하지 않는다. 그 안에는 정작 있어야 할 나는 없을 것이고, 식상하긴 해도 인생은 그래서 마라톤이니까. 삶은 너무나도 긴 여정이라 내게 맞을 것 같은 일을 운 좋게 고르더라도 제 속도대로 꾸준히 긴 호흡으로 해나가기란 쉽지 않을 것이다. 하물며 내가 나를 모르는 데. 인간이 스스로를 알기 어려운 결정적 이유는 아마도 자신을 왜곡해서라도 과대평가하고 싶은 염원 때문일 것이다. 그렇다고 해서 기대하는 자신으로 평생을 살아가기에는 우리의 생이 너무나도 길다. 결국 이 말을 전하고 싶어서 써 내려온 과정도 이만큼인 것처럼.

물건을 만든다면 80점짜리 물건을 만들 것인지 90점짜리 물건을 만들 것인지, 어떤 물건을 만들어야 내가 나로 살아갈 수 있는지 스스로 답부터 구하고 나서 그에 맞게 살아가면 그만이다. 요즘은 어느 마트를 가서 어떤 물건을 사더라도 80점 이하의 물건은 찾기가 더 어렵다. 대신에 90점 이상의 물건을 원한다면 그것을 찾는 노력은 반드시 뒤따른다. 하물며 90점짜리 물건을 만든다고 가정하면, 80점짜리에 비해 몇 배의 공을 들여야 할지 알 수 없는 일이다. 직접 해보기 전에는. 결국 내가 80점짜리 물건을 만들고도 행복할 수 있으면 그걸로 된 거고, 그런 내가 너무 싫고 자존심이 상해서 행복하지 않다면 그에 상응하는 노력을 들이며 사는 수밖에는 없다. 현실의 누추함을 얼마간은 하는 수 없이 인정하고 받아들이더라도, 또 얼마만큼은 끝까지 포기하지 않고 추구해 가며, 그저 마음이 이끄는 대로.

끝내 타협되지 않는 경지가 곧 이상이라면, 이러한 이상과 현실의 괴리감을 어떻게 조화시키며 살 것인가? 선택은 다만 저마다의 몫이다. 추구하는 만큼 스스로 구하며 사는 삶. 만에 하나 그러기로 마음먹었다면 가슴에 새기고 늘 품고 살면 된다. 전도유망한지 아닌지 캐물을 것도 의심할 것도 없다. 전망이란 어디까지나 스스로 구하는 자만의 전리품이기에, 전망을 그저 흉내 내는 소망과는 다르게.

나만 아는 뿌듯함

- 애착

일과 삶은 고작 한 음절에 불과한 낱말이지만, 그것을 이어 나가는 것은 결코 가볍지만은 않은 일이다. 경제활동을 추구하는 사람이라면 누구나 깨어있는 시간 중 꽤 많은 부분을 일에 할애할 수밖에 없다. 사람이 태어나서 생의 전반기를 교육이라는 울타리 안에서 나름의 준비를 거치고 난 다음, 이른바 본격적인 어른이 되고 나서부터 은퇴하기 전까지는 끊임없는 경제활동의 연속이다.

하지만 고등교육을 정상적으로 마치기 전까지 자신이 원하는 전공을 찾아서 그것을 직업으로까지 이어나가는 축복은 그리 흔하지 않다. 자신의 흥미와 마음이 이끄는 직업을 운 좋게 거머쥐는 경우에도, 은퇴하는 그 순간까지 한 가지 직업만을 즐겁게 하면서도 만족스러운 수익까지 창출하기란 여간 어려운 일이 아니다. 더군다나 지금과 같은 백세시대에서는. 하물며 우리는 취미를 일로 삼았다가 그 좋아하던 취미마저 잃게 되는 경우도 더러는 보게 되니 말이다.

영화 〈와이키키 브라더스〉 대사 중에 오랜 친구가 "행복하니? 우리 중에 지 하고픈 일 하면서 사는 놈은 너밖에 없잖아."라며 묻는, 서글픈 진심이 묻어나는 씁쓸한 장면처럼. 취미가 일이 되고 그것이 벌이까지 되는 행운은 누구에게나 주어지는 평범한 것은 아니다. 밥벌이를 하고 사는 행위 자체가 마냥 즐거울 수만은 없다는 뜻이다. 인간의 삶은 희로애락으로 이루어져 있다지만 깨어있는 대부분의 시간을 할애하는 것이 바로 일이니까. 아울러 업무상 일과는 곧 일상을 의미하므로, 일과 안에서 스스로 찾는 소소한 즐거움이라도 없다면 일상 그 자체가 괴로워질 것이다.

이처럼 일은 곧 일상의 삶을 의미하기 때문에라도 그나마 할 만한 일로 만들어야 한다.

저마다의 사투를 이어가느라, 누가 대신 거저 만들어 줄 리는 없으므로. 그렇다면 우리는 그나마 할 만한 일을 찾아서 그래도 유지해 나갈 수 있을 만큼은 어느 정도의 자가발전을 해야만 한다는 뜻이다. 그래야 사니까. 먹고 사니까. 좋아하는 취미를 업으로도 누리는 행운을 평범한 우리는 누릴 수 없으므로, 지금 하고 있는 일이나마 되도록이면 취미인 양 가깝게 흉내라도 내고자 애를 써야 한다. 소소하기 짝이 없어서 누구한테 자랑하기도 애매하지만 혼자서는 너무 뿌듯한 나만 아는 즐거움들이 곧 자기만족이니까. 일과 안에서 이렇게 시시하고 미미한 즐거움을 스스로 찾고 누릴 줄 아는가가 곧 지속가능성의 본질이라 믿는다.

누가 등 떠밀고 시켜주는 공부란 얼마나 쉬웠던 것인 가? 어른에게는 비록 그런 기회는 더 이상 주어지지 않지만, 필요성을 느낀 성인이 스스로 찾아서 하는 공부의 위력 또한 만만치 않을 것이다. 따로 시간을 내고 만들어서 하기에는 현대인의 삶에 여백이 많지는 않으므로, 일상 속에 녹여내는 것이 마땅할 것이다. 내 일과 안에 녹여진 일을 통해서는 직접경험으로 인한 공부가 될 것이고 일과 외 나머지 시간들은 당연히 취사선택이 가능하겠지만, 별도로 귀한 시간을 내서 나머지 공부를 하기보다는 이왕이면 어차피 주어지는 매일의 일과를 좀 더 활용하는 것이 바람직한 선택이라 하겠다.

학창 시절에 공부가 제일 쉬웠다는 이들이 수업 시간에만 열심히 했다는 말은 나를 포함한 많은 이들의 공분을 사기도 했지만, 살아보니 이제야 그들의 표현을 이해할 것만 같다. 그들은 채 스무 살도 되기 이전에 강인한 인내심을 가졌을 뿐 아니라 심지어 공부를 즐길 줄도 아는 비범한 학생들이었음이 틀림없다. 비록 그땐 미처 가지지 못한 깨달음이라 놓치고 말았지만, 이번에야말로 꼭 붙들고 싶다. 삶은 상업영화처럼 드라마틱한 사건 하나로 이루어져 있지는 않고, 오히려 소소한 주제를 가지고도 긴 호흡으로 저마다의 이야기를 풀어나가는 장편 드라마에 더 가까우니까.

원하든 원하지 않든 누구에게나 주어지는 일과, 그 안에서 학습을 통해 얻는 일상의 성근 깨달음들을 엮고 또 이어서 온전히 내 것으로 만들고 싶다. 꾸준한 집착과 깨달음으로 성실히 삶을 수놓는 그런 어른이고 싶다. 집요한 애착은 틀림없이 거기에 숨어있는 질서를 밝혀내 줄 것이고 또 다른 집착의 원동력이 될 테니까.

루틴은 생물이다

인지하지 못하는 불편은 결코 해소되지 않는다. 언제나 그렇듯 발전은 그것을 먼저 인식하는 것으로부터 시작되는 법이고, 자잘한 불편이라고 해서 쉽게 감내해서는 그 어떤 것도 저절로 나아지지 않으니까. 더군다나 일상 속에 루틴화가 잘 된 일일수록 대개는 별다른 생각 없이 받아들이게 마련이다. 그럴수록 굳이 머리를 써서 의심해 본다거나 나아가 그것을 개선해 보려는 노력을 기대하기란 어렵다. 습관이란 어떤 행위를 오랫동안 되풀이하는 과정에서 저절로 익혀진 행동 방식인데, 인지와 개선 없이는 반복된 수련과 단련이라고 해서 늘 좋은 것만은 아니다. 의구심을 품지 않는 불편은 그저 되풀이될 따름이니까.

책이나 뉴스를 볼 때 의심의 눈을 완전히 거둘 수만은 없는 것도 이와 비슷한 이치다. 먼저 사실관계를 기반으로 쓰여야 마땅한 종류의 글임에도 목적에 따라 의도를 담을 수 있는 여지는 여전히 남아있기 때문에 어디까지나 스스로 해석하고 판단해야 한다. 가까이는 접하되 늘 경계하며. 이와 마찬가지로 내 몸에 익숙한 과정이라고 해서 영원불변의 진리는 아니다. 과정이 있기는 했으나 여전히 변화하고 개선될 여지가 살아있는 움직이는 생물에 가깝다. 익숙히 아는 옛것, 그 안에는 여전히 남아있는 가능성도 있는가 하면 변화를 가로막는 장애 또한 존재하기 마련이다. 노련하고 능수능란한 것도 좋지만 변화를 가로막는 장애가 되어서는 안 된다.

소소한 일상의 변화도 없이 거창한 발전을 기대하
기란 어렵고, 익숙한 선택은 그저 눈에 익은 결과만
을 가져다줄 뿐이다.

매일 반복되는 사소한 일일수록 실은 그 안에 더 큰 여지가 남아있을 가능성이 크고, 발전을 논하고자 한다면 먼저 루틴부터 세심히 들여다보는 것이 맞다. 익숙함만큼 편안한 것도 없지만, 그만큼 위험한 것도 없다. 익숙한 선택은 기대 이상의 낯선 결과를 가져다주지는 못한다.

내 손을 거치면 응당 뭐가 달라도 달라야 한다지만, 스스로 존재가치를 증명하지 못하면 흥미를 잃고 마는 것이 인간이다. 일이든 취미든 하다 보면 정해진 순서가 생기게 마련이지만 일이란 마냥 즐거울 수만은 없기에, 어쩌면 취미를 대할 때의 나를 들여다보면 오히려 더 체계가 잘 잡혀 있을지도 모를 일이다. 일에는 늘 쫓기는 탓에 취미에 할애할 여유 시간은 상대적으로 늘 부족하니까. 그 절박한 마음은 결핍을 어떻게든 채우고야 말 테니까. 그렇다. 그런 태도로 구하고 대하면 된다. 거저 채워지는 결핍이란 없다. 효율을 추구하는 방법을 몰라서가 아닌, 다만 그 대상에 있어서 선택적이었을 뿐. 지천에 널린 것이 아닌 오직 염두에 두고 바라보는 사람에게만 간신히 보이는 것이니까.

쪼그리고 앉아야만 네잎클로버도 찾을 수 있는 것처럼, 그런 내가 되어야 내 시간을 비싸게 쓰고 또 팔아가며 즐겁게 살 수 있다. 남아있는 여지를 기어코 찾아내려 늘 고민하고 사는 이들에게 매너리즘 따위가 찾아올 리 만무하고, 누구에게나 공평하게 주어지는 일과를 좀 더 효율적으로 보내는 이의 시간은 당연히 더 비싼 값을 받아 마땅하니까.

Connecting the dots
- 점, 선, 면

'Connecting the dots' 스티브 잡스의 말처럼, 우리도 모르는 사이에 하루하루 찍어나가는 점들이 한순간 뒤돌아보면 어느새 선으로 이어져 있는 것처럼, 비록 번뇌와 고통이라는 비싼 값을 치러가며 어렵게 얻은 깨달음이라고 해서 오롯이 나만의 것은 아니기를 바란다. 그것이 성공이 됐든 실패가 됐든 간에 누구도 자신의 경험을 쉽게 나누려는 이가 없다는 게, 업을 해오면서 가장 안타깝고 답답한 부분이었다. 비싸게 배운 걸 공짜로 나눠주는 동료들이 부디 지금부터라도 많아져서, 최소한 업계가 이미 알고 있고 먼저 겪은 일에서만큼은 같은 고통을 받는 후배들이 없었으면 하는 바람이다. 어쩌면 지금 우리에게 더 필요한 건 위인전에 나오는 성공담이 아닌 실패담일지도 모른다. 나 아닌 누군가가 먼저 겪은 실패를 똑같이 되풀이하지만 않더라도, 삶은 훨씬 더 나아질 테니까. 고통은 익히 알고 있는 과거로부터가 아닌, 오로지 낯선 미래로부터.

'Connecting the dots' 오늘 하루도 또 어떠한 점 하나를 꾹 눌러 찍을 수 있었던 그런 하루가 되었기를. 면은 선으로 이루어져 있고, 그 선은 또 무수히 많은 점들로 이루어져 있다. 지금 우리가 무엇을 찍고 있는지 인지조차 못 하고 있는 불규칙한 점들은 어떤 형태로든 결국은 이어지게 마련이다. 이를테면, 내가 이 업을 하며 보내온 12년의 시간들이 각개의 크고 작은 점이었다면, 지금은 단지 내 눈에 더 잘 띄는 점들을 우선적으로 모아 글이라는 선으로 잇고 긋고 있는 것이다. 그리고 이런 글들이 쌓이다가 결국에는 책이라는 면을 이루게 될 것이다. 일이든 취미든 딱히 상관은 없다. 다만 무언가에 깊게 몰두했다면, 그 열정이 아까워서라도 여정에서 얻은 것들을 필히 남겨두어야만 한다. 그렇지 않으면 훗날 언젠가 혹시 모를 필요에 의해 애써 이어보려해도 너무 흐릿한 나머지 그 점을 찾는 것조차 어려울지도 모른다. 불완전한 인간의 미흡한 기억력이란 믿고 기댈 만한 것도 아니거니와 나조차도 찾을 수 없는 나의 점들을 누군가 대신 이어주는 기적은 없을 테니까.

이 업을 하고 있는 이상 누구나 한 번쯤은 이런 불평 해봤을 거다. "왜 이런 사고가 아직도 나느냐?"라고. 매번 그러면서도 여전히 기여한 바는 딱히 없으면서. 성공담만 회자될 거라 제멋대로 오해하며 누구도 남기지 않아서. 그러니 어떤 형태가 됐든 부디 남기셔라, 하다못해 스스로를 위해서라도. 하필이면 섬유라는 재현산업을 업으로 삼은 우리에게는 순탄한 하루도 흔하지 않을뿐더러, 쉬이 얻어지는 원단이란 더더욱 없기 때문에라도. 간혹 마주하는 성공보다는 늘 곁에 있는 실패를 더 살피고 보듬어가며, 그 과정을 복기함으로써 또한 꽉 붙들어가며. 성공이라고 해서 꼭 성공으로만 채워져 있는 것은 아니니, 마냥 성공만을 좇기보다는 작은 실패를 차근히 면하는 것으로부터.

자신의 실패를 살뜰히 살피는 사람이라야 다음 실패는 비로소 면하게 될 테니.

'Connecting the dots' 이제는 설화 같은 옛 영광일랑 잊어버리고, 자신만의 점을 찍어 나가시기를. 수주를 하나하는 것에서부터 그것을 출고하기까지의 과정도 어제보단 오늘이 더 어렵고 심지어 내일은 더 어려워질지도 모른다. 비교적 성수기 비수기가 뚜렷한 편임에도 매년 오는 비수기에 매번 똑같이 당황한 나머지 옷이 안 팔려서 큰일이라고 푸념하는 이들이 정작 본인 옷차림에는 딱히 관심도 없어 보인다면, 그보다 더 큰일은 과연 무엇일까? 되는 이유가 간절하다면, 어디까지나 나부터 그 이유를 찾고 만들어가야 한다. "그래서" 되는 몇 개 되지도 않을 이유를 절실하게 찾아가는 과정에서 선명한 점을 찍어 나가며 "그래서"라는 선으로 잇고 또 그어야 한다.

정말이지 이제는 좀 할 때도 되지 않았나? 누가 물을 때마다 안 그래도 하려고 했던 그 수많았던 일들을. 묻기도 답하기도 서로 민망했던 그런 일들을. 해보기 전까지는 모른다. 안 그래도 되고 안 해도 되는 그런 일들이 정작 내게 필요한, 온전히 나를 위한 일이었던 건 아닌지.

'Connecting the dots' 오늘의 불편을 당연하게 받아들이지는 말기를. 사는 데 딱히 불편함을 모르는 무던한 사람은 타인의 불편을 해소시킬 수도 없으니. 지금 현재의 불편에 대해 과연 이게 최선인지 의심하고 또 자각하는 것만이 결국 무언가를 바꿔 볼 수도 있고 나아가 문제를 해결할 수도 있게 해준다. 다만 유의할 것은 문제 제기를 한다는 것, 단지 거기에만 도취되어서는 안 된다. 창조는 어렵고, 비판은 그보다 훨씬 쉬운 법이니까. 혁신은 용기를 필요로 한다지만, 단순히 문제를 제기하는 용기에만 그칠 것이 아니라, 크든 작든 해결 방안도 반드시 뒤따라야 한다.

마냥 우리만 보고 기다려주는 한가한 민원창구는 없다. 더군다나 그것이 벌어먹는 일이라면, 일에서만큼은 마땅히 프로다워야 하니까. 방법을 찾는 것 또한 문제임을 인식한 자신이 그 누구보다 잘할 테니까. 우리가 마주하는 어떤 공정에서든, "원래"라는 두 음절의 마법과 같은 단어를 앞세워서 "도전"이라는 또 다른 두 음절의 희망을 쉽게 용납하지는 않는다. 안 될 이유를 찾는 것은 실은 찾을 필요도 없을 만큼 쉬운 거니까. 좋은 게 좋아서는 내 시간을 비싸게 쓸 수 없을뿐더러 또 그 시간을 비싸게 팔 수도 없다. 우리가 파는 것은 시간이지 재화가 아니니까. 나조차도 귀하게 쓰지 않는 내 시간과 노력을 고맙게도 알아주는 눈먼 누군가를 나는 아직 보지 못했다.

내가 찍었다고 해서 나만의 점이 아닌 우리 모두의 점일지도 모른다고 여기고, 잘못 찍혀가는 점들을 바로잡아 보려는 노력도 게을리하지 않는 것이 선배로서도 마땅한 도리라 하겠다.

호기롭고 서툰 도전의 단계에서는 그저 "하면 된다"라는 패기만으로 시작했다가도, 작은 성취감을 여러 번 맛보고 나면 그다음부터는 "되면 한다"라는 식의 치밀한 계획형으로 진화하게 된다. 누가 시키지도 해보지도 않았지만 그에 필요한 알맞은 준비 동작을 떠올릴 수 있고 충실히 해낼 수도 있는 자신감이 생기기 때문이다. 그때부터의 도전들은 이제 될 것 같으니까 도전하지 않을 수 없는 격의 "되면 한다"가 된다. 온다, 느낌적인 느낌이. 늘 그랬으면 참 좋으련만.

'Connecting the dots' 〈슬럼독 밀리어네어〉라는 영화야말로 이 불규칙한 점들이 이어졌을 때 어떤 기적을 낳는지를 보여주는 대표적인 이야기가 아닐까? 슬럼가에서 순탄하지 않은 삶을 힘겹게 버티던, 체구마저 작아서 더 안쓰

러웠던 인도 소년이 거액의 상금이 걸린 퀴즈쇼에서 어떻게 결승전까지 오르고 끝끝내 우승상금까지 거머쥐게 되었는지. 혹 지금 이 순간에도 과연 이게 무슨 의미가 있냐며 회의감에 빠져있는 사람이 있다면, 당장은 잘 모르겠지만 지금 하고 있는 그것이 살다가 맞이할 '혹시나' 싶은 간절한 순간을 '역시나'로 바꿔줄 만큼 결정적인 무기가 될지도 모른다고 위로와 응원을 전하고 싶다. 나중에 네가 꿈을 꾸는데 공부가 좀 모자라서 못 하게 되면 억울하지 않겠냐고 정작 우리도 그렇게 교육을 받고 자랐고, 지금의 아이들에게도 똑같은 말을 하고 있으니까. 그러니 먼저, 그저 나아가자. 힘겨운 삶의 장면들마다 굳세게도 버텨냈던 주인공처럼.

'Connecting the dots' 일과 삶은 가까울수록 좋다. 우리가 꼭 일을 할 때만 원단을 가까이하고 사는 건 아니다. 의식주라는 인간의 삶에 꼭 필요한 세 가지 중 하필 의를 업으로 다루고 있는 우리지만, 지금도 벗고 있는 건 아니니까. 입을 옷을 스스로 골라서 사는 행위와 원단을 개발하고 만드는 것이 결코 다르지 않다는 얘기다. 그럼에도 우리는 이두 가지가 마치 서로 다른 것인 양, 불필요한 오해를 하며 불편하게 살아간다. 벌거벗은 임금님이 아닌 다음에야 늘 입고 다니며, 또 당연하게도 입고 있는 이들을 마주하며 살아간다. 오늘 다루고 있는 소재가 내일은 옷이라는 완성품이 된다. 입고 살아가는 사람들 즉, 모두가 잠재적인 고객이

나 다름없다는 뜻이다.

　이런 관점에서 바라보면 내가 입는 옷도, 사람들이 입고 다니는 옷도 허투루 보아서는 안 된다. 꼭 원단을 다룰 때만 원단을 한다고 생각할 필요는 없다. 세상은 늘 사람으로 가득하고, 그들이 입은 옷과 섬유로 그득하니. 아울러 설령 옷에 별 관심이 없더라도, 이 업을 하고 있는 만큼 되도록이면 최소한 본인 옷만큼은 직접 골라 보길 바란다. 나도 관심을 주지 않는 게 옷이라면, 그것을 만드는 주체인 원단을 사 가는 고객들에게 굉장히 미안한 일이니까. 가뜩이나 그거 아니어도 미안할 일 투성이인 게 이노무 섬유인데.

어른이 흘리지 말아야 할 것은

배움이라는 낱말은 어째서인지 성인이 되고 나서는 그리 가깝지 않게 느껴지는 것이 사실이다. 더군다나 가장에게는 다름 아닌 먹고사는 일이 가장 큰 문제니까. 하지만 이 배움이라는 두 음절은 오직 학생들에게만 허락되는 것이 아니다. 스스로 구하기만 한다면 죽는 그날까지도 끊임없이 경험하고 배울 수 있는 것이 인간이다.

어른에게는 누가 공부하라고 등 떠미는 경우가 흔하지 않은 대신 배우지 않는 삶, 그 결과에 대해서는 생을 걸쳐서 꾸준히 온몸으로 맞서야 한다. 단순히 학교 공부를 얘기하는 것도 아니고 그렇다고 해서 성적을 얘기하는 것은 더욱 아니다. 사람은 누구나 울음을 터트리는 것 외에는 한마디 말도 못 하는 아기로 태어나서 죽을 때까지 계속 단 한 번도 경험해 보지 않은 것들을 끊임없이 마주하고 살아간다. 새로운 지식이라고 해서 꼭 책에 담긴 활자를 통해서 익히지 않더라도 인간은 경험이나 유추를 통해서도 끊임없이 사고하고 또 배우며 살아간다. 이 글을 쓰면서도 배움의 정의가 궁금해져서 찾아보니, '배우다'의 유의어에는 우리도 쉽게 유추할 수 있는 '경험하다', '공부하다' 뿐만 아니라 '다스리다'까지 포함돼 있어서 적잖게 놀랐다. 인간은 경험을 통해 배우고 살아가므로 경험까지는 이해한다 치더라도 거기에 다스림까지 있을 줄이야.

배움이라고 해서 꼭 지식만을 의미하는 것이 아니라고 하니, 내일은 나를 더 잘 돌보고 다스려도 봐야겠다.

어쩌면 그것이 진정 배움의 완성일지도 모르니. 하나의 아이디어를 기반으로 제품을 기획하고, 판매를 통해 고객의 반응을 확인하는 것에 이르는 과정에는 당연히 이윤이 창출되어야 한다. 그러나 제품이 성공하든 실패하든 간에 정작 그 과정을 통해 얻어야 할 것은 다름 아닌 깨달음이다. 제품을 개발하고 판매와 사후 처리까지 이르는 과정까지를 통합한 하나로 봐야 한다. 그렇게 소중한 배움을 쉬이 흘려보내지 아니하고 하나하나 축적해 나아가는 과정을 다시금 반복해 가며, 당장 얼마간의 이익만이 목적이 아닌 고객으로부터 다시 배울 줄 알아야 한다.

자신이 아닌 타인을 진심으로 이해하고 공감하기 어려

운 이유는 내 상황과 전적으로 동일할 수 없기 때문인데, 내가 직접 경험한 일을 스스로 복기할 때만큼은 타인에게 좀 더 가까이 다가설 수 있다. 그렇게 경험과 이해를 거듭하며 재탄생하는 제품이라야 고객에게 외면받지 않고 진정 공감받을 수 있으리라 믿는다. 나조차도 복기하지 않고 흘려보내는 보잘것없는 나의 경험에 막연히 기대어, 더 나은 내일이 올 거라 기대하며 살아갈 수는 없는 노릇이니까. 직접경험만으로는 도무지 채워지지 않는 것이 배움인지라 책이라는 간접경험으로나마 남기고 읽으면서까지 배우고자 하는 것이 인간이라면, 내가 직접 겪은 것만은 온전히 내 것으로 만들 줄 알아야 한다. 같은 여정을 거쳐 왔다고 해서 결과까지 같지 않은 이유도 바로 여기에 있을 것이다.

우리는 늘 바쁘다. 바쁜 와중에 혹은 바쁜 게 정리되고 나서라도 더 나은 선택은 없었는지 생각을 곱씹어 두지 않으면, 설령 같은 상황을 다시 마주하더라도 더 나은 결과를 마냥 기대하기란 어렵다. 우리는 어제도 바빴고 오늘도 바쁘고 내일 또한 바쁠 것이기에. 내게 한 번 왔던 경험과 생각에도, 더 나아가 고마운 고객에게도 다시 만나고자 먼저 다가서는 것 또한 오롯이 자신의 몫이다. 늘 수고하는 오늘의 우리가 내일은 조금이나마 수고를 덜어낼 방법도 다름 아닌 수고한 나를 덜어냄으로써, 그들에게 배우고 오직 그들의 입장을 상상하는 것뿐이다. 우리가 주로 고객으로 살아가듯, 내가 고객인 경험에 전적으로 기대어.

별거 아닌 걸 잘 챙겨야 별거가 돼

기초적인 일일수록 더욱 엄격할 필요가 있다. 그야말로 기본에 충실한 튼튼한 기초를 토대로 삼아야지만 높은 건물도 차근히 쌓아 올릴 수 있기에. 기본이라는 것은 개개인의 성향에 따라 편차는 존재할 수 있겠지만 가급적이면 타협과는 거리를 둬야만 하는 부분이다. 지금처럼 고도로 분업화된 현대사회에서는 더욱이 처음부터 끝까지 혼자 할 수 있는 일이란 극히 드물다. 그런 측면에서 바라보면 우리 모두는 수많은 시계 부품 중 저마다 하나의 톱니바퀴에 불과한 걸지도 모른다. 나라는 톱니 하나가 제구실을 못 하면 당장은 어떻게 굴러가더라도 이내 문제가 생겨서 나 하나가 아닌 우리 모두의 시간이 멈출지도 모른다는 얘기다.

2022년 여름 현재 중부지방에 벌어진 수해도 예측을 벗어난 자연재해이기 때문에 불가항력이라는 시각과 더불어 평소 행정의 기본을 못 지켜왔기에 피해를 더 키운 셈이니

인재라는 시각이 공존한다. 이처럼 평상시 간과한 기초는 예기치 못한 상황에 일을 더 키우고야 만다. 누군가는 소중한 가족을 잃고 그들이 함께 나누던 시간도 시계처럼 멎어 버리고 마니까. 큰일 작은 일을 따로 구분할 수도 또 해서도 안 되는 이유가 바로 여기에 있다. 작은 일을 소홀히 해서는 결코 큰일을 해낼 수 없고, 작은 일도 못 하는 사람이 큰일이라고 해서 잘 해낼 리 없다. 반면에 큰일을 해낼 수 있었던 사람은 기본기부터 탄탄하게 쌓아 올리며 작은 일조차도 허투루 하지 않았을 가능성이 크다. 자신은 큰일이 어울리는 큰 사람이라며 사소한 일에는 영혼을 담지 못하는 사람에게는 작은 기대조차 걸기 어려운 법이다. 이처럼 기본에 대한 잣대는 저마다 편차가 있을 것이나 누가 보든 안 보든 맡은 바 소임을 다하고자 함은 내가 아닌 남을 위한 이타적인 마음인 동시에 적어도 남에게 피해를 주지는 않고자 하는 예쁜 마음이리라. 비록 남을 돕고 살지는 못할지언정 폐를 끼치며 살지는 말아야겠다고 또 한 번 다짐해 본다. 영혼 없는 작업은 타인의 삶과 의지마저 질식시킬 테니까. 별거 아닌 걸 잘 챙겨야 별거가 될 수 있다. 사소하다고 여기기보다는 되레.

어떠한 일이든 현재의 수준에 이르기까지는 우리가 알지 못하는 수많은 사람들의 노력과 시행착오가 있었을 것이다. 그들이 어렵게 얻어낸 수많은 경험을 기반으로 지금에 이른 것이다. 그렇다고 해서 꼭 더 이상의 진전이 없으리라는 보장은 없다. 지금 이 순간에도 누군가는 미처 남들이 알아차리지도 못한 불편함을 간파하고 보완해 보려는 노력을 분명히 기울이고 있을 것이기에.

이처럼 살면서 겪는 불편함은 비로소 생각할 기회를 제공하는데, 우선 이것이 최선인지부터 먼저 의심해야 한다. 참을 수 없게 큰 불편함이야 이미 해결이 됐을 가능성이 높으니 무던한 사람보다는 이왕이면 예민한 쪽이 유리할 수밖에 없는 게임이다. 인지하고 나서야 개선의 여지 또한 들여다볼 수 있으니까. 나만을 위한 무던한 마음이어서는 안 된다. 요즘 세상에도 아직 이렇게밖에 안 되나 싶은 영역들은 아마 대부분 이러한 인지가 이루어지지 않았거나 혹은 이미 완성형이라 여기거나 둘 중 하나일 것이다.

"작은 차이가 명품을 만든다"라는 광고 카피는 잘 드러나지도 않는 사소한 불편함을 자신들은 분명 찾아낼 수 있다는 필립스의 자신감이 아닐까? 이처럼 살면서 매일 겪는 별거 아닌 불편함은 그것을 어떻게 바라보느냐에 따라 활용할 수도 기회로 삼을 수도 있는 노릇이다. 나의 손을 떠난 일은 언젠가 누군가의 일상 속에 녹아들 테니까. 우리는 오늘도 누군가가 만든 물건을 사용하고, 누군가로부터는 서비스를 제공받으며 살아간다. 그리고 가끔 그것을 제공하는 입장이기도 하지만 생의 대부분을 고객으로 살아가기에, 차마 그 마음을 모른다 할 수는 없다. 나는 GO객 하지도 않으면서, 다가와 주길 마냥 바라면서.

고독한 하루

몸 쓰는 일을 하기 전에도 먼저 선행돼야 하는 것은 다름 아닌 생각이다. 우선 작업 내용부터 면밀히 들여다보고 나서 비로소 몸을 쓰기 시작해야만 두 번 일하는 불상사를 피할 수 있을 테니까. 차라리 그것이 혼자 하는 작업이라면 두 번 일하게 돼도 아무 지장 없지만 여럿이 함께 하는 작업이라면 얘기는 달라진다. 몸도 고된 와중에 여기저기서 들려오는 원성마저 감내해야 될 테니까.

이처럼 꼭 큰 생각을 들이지 않더라도 우리의 몸은 잘 움직인다는 데 바로 함정이 있다. 생각과 영혼을 담은 작업은 그것이 결과가 됐든 과정이 됐든 어디서 어떻게든 티가 나게 마련이다. 노력은 배신하지 않는다지만 나는 그보다 혼이 담긴 생각이야말로 배신하지 않는 거라고 믿는다. 어쩌면 노력은 배신하지 않는다는 말의 행간에는 노력 이전에 그에 걸맞은 사고과정이 전제되어 있는 걸지도 모른다.

실제로 적절한 고민의 과정을 거치지 않은 노력은 종종 우리를 배신하기도 하고 그것은 더 큰 후회를 불러오기도 한다. 그러지 말았어야 했는데. 좀 더 나은 생각을 미리 했어야 했는데. 왜 그땐 떠올리지 못했을까 하고. 후회가 불러오는 긍정적인 면은 단 한 가지, 인간은 오직 경험과 시행착오를 통해서만 배울 수 있다는 걸 한 번 더 상기시켜 준다는 점뿐이다. 실패한 경험으로 인한 반성은 다음에는 더 나은 생각을 제때 할 수 있게 도와줄 테니까.

모든 것은 때가 있고, 그 모든 것 안에는 행동 그리고 그보다 더 중요한 그 행동에 이르기까지의 사고과정이 있다. 제때 떠올린 아이디어를 기반으로 몸을 제때 움직여 행할 것. 끊임없는 경험과 시행착오로 인한 깨달음을 놓치지 말고 끈질기게 부여잡을 것. 인간이 받은 학습능력이라는 축복과 그것을 축적해 나아갈 수 있도록 누구나 공평히 부여받은 하루라는 일상을 어떻게 활용하느냐에 따라 성취 또한 갈리게 된다. 날마다 주어진다고 해서 날마다 반복된다는 이유로 일상을 귀히 여기지 않고 외롭게 내버려 둔다면 그 일상들은 기어코 우리마저 외롭게 만들고 말 것이다. 그러니 오늘 스스로 고독하지 않으면, 내일은 기어코 외로울 거란 얘기다.

깨어 있는 동안 우리는 생각으로부터 좀처럼 벗어나기 어렵다. 아무 생각을 하지 않는 것이 얼마나 어려운 일이면 멍 때리기 대회까지 생기겠는가? 우리 몸이 기억하는 행동이 아니고서야 사유의 깊이 차이일 뿐이다. 무지성에 가까운 일이 위험한 이유도 공들여 생각하지 않았기 때문이다. 그로 인한 공도 과도 오롯이 생각의 몫이다. 돈을 불러오는 것도 결국 돈이 들지 않는 생각으로부터 비롯된다. 사고 수습을 할 때도 물론 생각이 든다지만 이 경우 매우 제한적인 선택지만이 주어질 뿐이다. 반면에 목적지를 향하는 경로에는 제한도 한계도 없다. 그에 따르는 열매도 마찬가지.

무언가에 골몰하며 고독하게 보낸 오늘만이 내일은
덜 외로운 나를 만들어 줄 것이다.

이왕 통제할 수 없는 게 생각이라면 그 생각을 떨쳐내기 위한 무모한 도전을 하기보단 되도록 정면으로 마주하며 살아가고 싶다. 내일은 분명 더 나은 선택을 할 수 있을 거라 스스로를 믿으며 또 다독이며. 실은 달리 뾰족한 수도 없거니와 인간은 누구나 언젠가 하루 중 대부분의 시간을 가만히 앉아서 보낼 날을 맞이하게 될 테니까. 딱히 무언갈 해야겠다는 생각도 없이 흘러가는 대로 그저 가만히. 그러니 그런 날이 오기 전까지는 부디 오늘 고독하길. 내일은 덜 외롭길.

God bless you, 당신의 의미

"책도 좀 읽고 살아야 되는데."라며 탄식 섞인 말을 하는 이들 중 진짜 읽는 사람을 많이는 보지 못했다. 차라리 책을 좀 읽어야겠다 말했더라면 결과는 달랐으려나? 책도 좀 읽어야 된다는 말은 어쩐지 내가 평소에 하던 일 다 하고 나서 그래도 시간이 좀 남고 정히 심심할 때면 부수적으로 혹시 좀 읽게 될지도 모르겠다는 말과 크게 다르지 않게 들린다. 그렇다. 늘 문제는 우리가 바쁘다는 거다. 그렇기 때문에 하고 싶은 일보다는 늘 해야 할 일부터 먼저 챙기다 보면 좀처럼 시간이 나질 않는다. 그러다 어느 운수 좋은 날에 내 시간이 좀 생기기라도 해야 비로소 내가 하고 싶었던 일부터 먼저 하게 마련이다. 그때 내가 먼저 하고자 했던 일이 독서가 아니고서야 앞으로도 좀처럼 읽을 기회란 없을 거란 얘기다.

반면 "책도"가 아닌 "책을" 읽겠다는 것은 귀하게 얻은 내 시간에 가장 먼저 원했던 일이 다름 아닌 독서라는 얘기다. 부수적인 것이 아닌 그 자체가 목적인 것. 내가 해야만 하는 일을 좀 바삐 해서라도 귀한 시간을 내고, 시간을 만들어서라도 꼭 하고 싶고 이루고 싶은 그 자체가 목적인 것들을 우리는 취미라고 부른다. 그리워서 만나고 싶고 가뜩이나 없는 시간을 쪼개고 쪼개서라도 어떻게든 자주 찾고 싶어서 아른거리는 뭐 그런 거.

나이를 먹을수록 어느 하나 쉬운 일은 없고, 내가 먼저 찾고 구하지 않는 이상 공짜로 얻어지는 깨달음도 없다는 것만 그저 깨달아 갈 뿐이다. 인생의 의미 또한 마찬가지, 아니 그에 비할 바가 아닐 것이다. 하물며 생의 의미 하나 구하고자 평생을 바친 철학자들조차도 끝끝내 찾지 못하고 생을 마감한 이들이 많을 것인데. 이처럼 생에 의미란 본디 없고, 설령 있다 해도 너무나도 귀해서 거저 주어질 만한 것이 아니라는 얘기다. 꽃이 꽃으로 불릴 때 비로소 꽃이 되는 것처럼 존재의 의미란 누가 거저 주는 것이 아니다. 하지만 각자의 생에서 저마다의 의미를 찾고 부여해 보려 발버둥쳐 봐도 결코 쉽지 않을 것이다. 책도 좀 읽고 살아야 된다는 말은 어렵지 않게 하더라도 좀처럼 읽기 어려운 책처럼, 나조차 평소에 관심을 두지 않았던 것이 내 생의 의미라면 더더욱.

우리가 살아오면서 비록 내게 득이 된다는 걸 알면서도 차마 그러지 못한 일들이 있다면 차라리 그 안에 생의 의미가 들어있을 가능성이 크다. 득과 실 따위의 세속적인 관점에서 벗어나 그럼에도 하고 있는 선택의 방향들. 너무 거창하게만 생각할 것도 없다. 해외여행을 하며 식당을 가더라도 식탁에 마지막 남은 제일 맛있는 음식 한 점을 차마 손대지 못하고 결국은 남겨두고 나오는 한국인들처럼. 그저 내가 되고 싶은 나. 내게 득이 되는 일도 아니거니와 심지어내가 손해를 좀 봐야 되는 일이라 할지라도 되고 싶은, 내가바라는 나. 그럼에도 불구하고 무언가를 하고 있다면 그 무언가가 그 자체로 내 생의 의미인 것이다. 그러니 부디 오롯이 스스로를 위해서도 좀 바쁘게 살자.

군중 속에 둘러싸여 있더라도 외로운 것이 인간이다. 그러니 외롭기보다는 부디 고독하길. 외로움은 나 아닌 누군가가 해결해 줄 수 있는 성격의 것은 아니다. 불완전한 인간이기에 나조차도 어쩌지 못하고 살아가는 게 다름 아닌 인간이니, 나의 의미를 다른 누군가에게서 구하는 서툰 기대는 하지 말자. 그조차도 어쩌지 못하고 있을 것이 뻔하니. 마지막으로 고독한 와중에도 부디 바쁘게 살자.

오롯이 고독으로. 뭔가를 간절히 구하고자 한다면 당연히 내가 가진 다른 무언가를 먼저 내놓는 것이 순서이니, 먼저 주자. 어쩌면 나보다 더 간절히 고독을 기다리고 있을 나에게.

바쁜 고독

바쁜 고독. 단순한 두 단어 조합에 불과하지만 쉽사리 유추하기 어렵다. 고독도 알겠고 바쁜 건 더더욱 잘 알겠는데, 고독하면서 바쁘다는 건 당최 무슨 말인지. 이처럼 바쁜 고독은 바쁘다고 해서 절대 티가 날 수 있는 종류의 것이 아니라는 얘기다. 그렇다고 해서 남들이 그걸 먼저 알아주는 행운도 없을 거다. 그저 오롯이 자신만이 알 수 있는 것이기에 남들은 당연히 신경도 안 쓸 것이다. 눈에 띄지도 않는 부분까지도 도저히 허투루 두지 못해서 꼼꼼히 손질을 하고 있는 목수를 상상해 보라. 대부분의 바쁜 고독은 이처럼 나만 아는 티 안 나는 일에 해당할 가능성이 크다.

비밀은 다름 아닌 여기에 있다. 대체 뭘 하고 있는지 정확히는 잘 모르겠지만 분명히 뭘 하고 있는 사람들은 결국에는 뭘 한 건지 티가 나게 마련이다. 반면 당장 뭘 해야 되는지를 몰라서 뭐라도 하는 척, 티는 내야겠다는 이들은 지금 쳐내야 될 일이 아니고서야 내일을 위한 일이 뭔지 또 비록 남들은 몰라주더라도 내일을 위한 일을 고독하게 해 나간다는 것이 과연 어떤 것을 의미하는지 도무지 알 길이 없다. 눈앞에 놓인 것들을 해결하는 것 이외엔 뭘 해야 할지 미리 헤아리고 떠올리지 못하기 때문에. 누가 뭐라든 간에 나만의 방식이 있는 이들은 꼭 누가 시켜서가 아니라 내가 어떤 일을 어떻게 해야만 결과가 나온다는 걸 알고 있기 때문에 자신의 방식에 대해서 의심을 품지 않는다. 설령 누가 알아주든 모르든 그런 건 전혀 개의치 않는다.

자신의 방식을 믿고, 자신을 믿으니까. 나를 못 믿겠냐며, 좀 믿어달라며, 누구에게 당부하기보다는 스스로를 한 번 믿어보라.

그런 다음엔 어느 누구도 당신을 의심하는 일이 없을 테니. 무엇보다 당신의 과정을 믿어줄 테니.

쉬이 쓰인 글

알다가도 모르겠는 게 삶이고 더 산다고 해서 꼭 더 많이 알 수도 없는 것이 우리네 삶이라지만, 삶을 등가교환의 잣대로 바라보면 그나마 조금 더 단순해질 수는 있다. 오늘을 사는 내가 무엇을 포기하고 잃은 대가로 내일 무엇을 얻어낼 것인지 선택을 하고 행하는 과정. 더 엄밀히 따져보자면 무엇을 얻어낼 가능성에 더 걸어볼 것인지에 가깝긴 하지만. 어쨌든 내일 무언가를 얻고자 한다면 오늘을 사는 나는 반드시 무언가를 포기해야만 한다. 오늘의 내가 무엇을 내놓으며 최소한의 성의라도 표하지 않으면, 내일의 나라는 고약한 놈은 분명히 나를 가만 내버려 두지는 않을 테니까. 후회가 됐든 후퇴가 됐든 뭐라도 앗아가려 어떻게든 덤벼들 테니까.

오늘의 나와 내일의 나란 놈의 불편한 동행은 이처럼 차라리 등가교환에 가깝다. 내일의 내가 하필 좀처럼 만족을 모르는 고약한 놈이라면 가차 없이 오늘의 나에게 더 많은 포기를 요구할 테니 말이다. 이쯤 되면 유수의 기업들이 왜 아직까지도 주로 성적을 보고 채용하는지 어느 정도는 이해가 가는 바이다. 업무 능력이야 뚜껑을 열어보기 전까지는 여간해서 가늠하기가 어려우니 당신이 여기까지 오는 그 길에 스스로를 얼마나 포기하며 살아왔는지를 다만 확인하고 싶은 것이다. 비록 과거의 당신에게는 좀 많이 미안할지도 모르지만, 함께할 당신의 역사를 어림잡아서라도 조금은 유추해 보고 싶은 마음일 테니까.

이와 같이 과거를 통해 미래를 그려나가는 개념으로 보면 역사와 조금도 다르지 않다. 바꾸어 말하자면 오늘 내가 행하는 모든 일들이 훗날 뒤돌아보면 나의 역사가 된다는 점이다. 역사라는 단어는 종종 너무 먼 과거 얘기쯤으로 치부되곤 하는데 꼭 그렇지만은 않다. 지금 이 순간 내가 써 내려가는 글도 나의 발자취가 될 테니까. 그러니 여전히 원하는 것이 있거나 바로잡고 싶은 것이 있다면 지금이 적기란 얘기다. 그렇다고 해서 매 순간을 뜻하는 바는 아니니 지레 겁먹을 필요는 없다. 그저 때로는 나를 잃어가면서까지 지켜내고 싶은 것이 내게는 무엇인지 곰곰이 따져가며, 그것을 지켜내는 그런 삶을 살아나가면 그만이다.

내일의 고약한 내가 지금의 내게 요구하는 것은 시간이 전부다. 시간 앞에 그저 혹은 고작을 사용하기에는 삶이란 곧 우리가 살아있는 시간이기에 차마 그러지는 못하고 지

웠지만서도. 단지 누구에게나 주어지는 하루 스물네 시간 중에 너는 대체 얼마나 선뜻 할애해 줄 수 있느냐? 그게 전부다. 거기다 아직 일어나지 않은 일에 이르기까지 염려를 더해 준다면 지금 우리가 해 줄 수 있는 것이 더는 없으니 말이다. 미리 하는 염려는 근심 걱정으로 가는 길목을 차단해 준다. 더군다나 염력이나 초능력과는 다르게 마음만 먹으면 누구나 다 할 수 있는 것이 염려이니 말이다. 다만 유의할 점은 어디까지나 벌어지기 전의 일을 미리 떠올릴 때까지만 가능하다. 이만하면 됐다 하는 경계 또한 없는지라 저마다 성격에 따라서 더러는 끝없는 미로를 헤매게 될 수는 있다. 하지만 설령 그러한 성격의 소유자라 할지라도 그게 살아가는 데 꼭 나쁘지만은 않을 수도 있으니 너무 억울하게만 생각할 필요는 없다. 빛과 그림자는 늘 함께하는 법이라, 때론 어둡다가도 때로는 눈부시게 빛날 때가 분명 있을 테니까. 모두가 그랬으면 참 좋겠다.

준비 동작에 해당하는 모든 일이 그렇듯 결과에 가까워지거나 사안이 심각해질수록 염려의 단계를 기어코 벗어나 근심 걱정이 되고야 마는 수순이다. 이렇듯 염려는 풍부한 상상력을 기반으로 오로지 미리 상상하고 헤아리는 습관으로만 단련되는 것이다. 친절하게도 누가 콕 집어서 시켜주거나 작업지시서로 이루어지는 일 따위가 아니기 때문에, 하지 않는다고 해서 당장 티가 나지도 않는다. 다만 벌어지고 나서 근심 걱정을 이미 떠안고 난 뒤에야 비로소 알 수 있다는 점이 꽤나 치명적이긴 하다. 심지어 국회에서 그 높으신 분들도 뭐만 하면 큰 소리로 책임지라 그리고 사퇴까지 하라고 떠들어 대던데 책임을 크게 지는 상황에 처하지 않기 위해서라도 오늘의 염려를 게을리하지는 말아야겠다. 그들에게도 배울 점이 있다는 사실에 흠칫 놀랐다.

알아서 뚝딱 나오는 원단은 없다. 요즘 같은 세상에 모르는 사람들이 보기엔 쉬이 납득하기 어려운 의아한 일이겠지만. 기술은 인간이 생각할 범주를 좁혀줌으로써 편하게도 해준다는데, 안타깝게도 섬유의 경우에는 어째서인지 좀처럼 그럴 기미가 보이질 않는다. 생각의 폭을 조금이라도 좁혔다가는 고객과의 거리만 아득히 멀어질 것 같은데. 생각과 염려 그 사이 어딘가를 늘 방황하며 좀처럼 그 끈을 놓을 수가 없는 게 우리가 처한 현실인 것만 같다. 고백하건대 그럼에도 과연 이게 최선의 염려가 맞는지 스스로에게 모질게 되묻지 않을 수 없다. 과연 확신할 수 있는지, 정 그게 안 된다면 차선에 가까운 수준은 되는지. 물론 당장 알 수는 없겠지만. 미래의 고약한 내가 흔들리는 지금의 나를 너무 미워하지는 않을 만큼, 너무 큰 자책에 깊이 빠지지는 않을 딱 그만큼만. 잘하고 있는지는 내일의 내가 어쨌든 알려줄 테니 그냥 가보는 거다. 지금의 나를 적당히 아껴주며 또 적당히 포기도 해가며 그저 한 페이지를 지금처럼 써 내려가 보는 거다. 이 와중에도 생각만은 자라고 있으니.

행운의 품격

누구나 자신이 좋아하는 일을 즐겁게 하면서도 경제적으로도 여유로운 그런 삶을 꿈꾸지만, 그런 행운이 만인에게 오기란 어렵다. 그렇기 때문에 저마다의 사정을 각기 헤아려서 개중에 해볼 만한 일을 선택하게 마련이다. 실은 그게 뭐든 상관은 없다. 알다시피 중요한 건 그게 아니다. 어디서 뭘 하든 바삐 움직이기 이전에 먼저 생각에 공을 들일 수 있다면, 영혼을 담아낼 수만 있다면 뭐든 예술로 할 수 있을 테니까. 일이든 예술이든 그것을 통해 저마다의 이야기를 담아낼 수만 있다면, 그게 바로 예술이다. '와, 이거 예술이네' 우리가 흔히 쓰는 감탄사처럼. 다만 전에는 없던 새로운 작업이 아닌 이상 내 손이 닿기 전에 먼저 생기고 굳어져 버린, 이른바 정해진 과정이 있게 마련이다. 그 수순을 그대로 따르기만 한다면 그 안에는 내가 없으니 내 시간을 비싸게 팔기는 어렵다. 나만 할 수 있는 내 이야기를 하지 않는 이상, 똑같은 톱니바퀴 중 그저 하나가 교체됐을 뿐이다. 재미있는 일을 재미지게 하는 게 그래서 비현실적인 꿈인 거다. 재미가 있으면 당연히 하고 싶은 이야기도 끊이지 않는다. 하지만 대부분의 사람들은 재미없는 일을 재미있는 척 흉내라도 내야 그나마 가까스로 할 수 있는 이야기가 생긴다. 그도 아니라면, 재미있는 일을 재미지게 하는 자들을 당해낼 재간이 도무지 없다.

원래 그 자리에 있던 톱니바퀴인 양 세상에 이미 존재하던 이야기를 무작정 이어나가기만 한다면, 이전보다 비싸게 팔기는 아무래도 어려울 것이다. 일에서도 삶에서도 대체되지 않는 나만의 생각을 습관처럼 끼고 사는 것 외에는 딱히 방법이 없다. 모든 일은 궁극적으로 시간을 파는 거니까. 그게 재화가 됐건 서비스가 됐건 간에. 누구에게나 공평하게 주어진 24시간 그 안에서 또 나뉘는 일과 삶의 배분을 생각하면, 주어진 시간을 얼마나 값지게 쓰느냐에 따라 값어치가 매겨지는 논리다. 물론 어떻게 살아갈 것인가에 따라, 저마다 삶을 대하는 태도는 스스로 결정하는 일에 가깝지만. 요새 흔히들 얘기하는 워라밸, 삶과 일의 균형 또한 일정 부분 개인의 의지에 따라 알맞은 선택을 하면 그만이다. 행복에 우선하는 가치는 저마다 다른 법이니까.

다만 행복에 필요한 게 남들보다는 조금 많아서 시간을 비싸게 팔아야 하는 경우라면, 그에 따르는 노력은 등가교환의 수준이 아니라 배수를 가늠할 수 없을 만큼 큰 노력이 필요할지도 모른다. 물론 이는 갈수록 줄어들긴 할 테지만. 반면 시간을 헐값에 팔아넘기는 것은 너무나도 쉬운 일이라, 굳이 기를 쓰고 노력할 필요도 없다. 그럼에도 우리는 필요 이상으로 애를 쓰는 장면을 흔히 목격하곤 한다. 단지 포화시장이라는 핑계 하나만으로. 상황이 이와 같다면 우리는 과연 어떻게 해야 더 비싸게 팔 수 있을까?

당연히 쉬운 일은 누구나 할 수 있고, 누구나 할 수 있는 일은 쉽게 마련이다. 내 손을 거친 일이라면, 설령 그것이 단순노동이라 할지라도 마땅히 더 나은 결과를 도출할 수 있어야만 한다. 이처럼 바쁜 세상에 내가 먼저 돋보이지 않으면, 누가 돋보기를 들여다보듯 나를 알아봐 주진 않을 거니까. 더군다나 한 번뿐인 삶에서 또 가장 열심히 일해야 하는 중요한 시기라면 어떤 업을 어떻게 하느냐가 첫 번째 관건일 것이고, 그다음은 그 노력을 생각에 먼저 쏟고 담을 줄 알아야 한다. 몸을 쓰고 움직이는 수고를 하기에 앞서. 결국 내가 얘기하고자 하는 노력은 어디까지나 이런 사려 깊은 생각과 숙고에 한해서다. 몸을 움직이는 수고는 사실 누구나 다 하는 거니까. 아무쪼록 수고에 앞서 숙고를.

행운의 무게란 노력과 비례한다. 할 수 있는 한 최선의 노력을 이미 쏟아부을 대로 다 쏟은 나머지 오직 결과만을 남겨둔 이에게 운이란 얼마나 간절하고 무거운 것일까를 생각하면, 그에게 노력은 당연하거니와 행운마저도 따라줘야 하기 때문이다. 이유 없는 성공은 어디에도 없다. 실패도.

반면에 최선을 다해보지 않은 이에겐 그보다는 가벼울 소지가 다분하다. 아무리 노력해도 끝끝내 되지 않는 일의 존재를 어렴풋이는 알아도 명확히는 알지 못할 테니까. 어쩌다 운수 좋은 날엔 누구나 하루 종일 기분이 좋다지만, 행운에도 엄연히 품격이란 게 존재한다. 품격 있는 행운이란 준비된 자에게만 향하는 법이고, 내 행운의 품격은 그렇게 내가 만들어 가는 걸지도 모른다.

부디 운이 따라주기를 부단히도 염원하되 여전히 최선은 다하는 그런 행운을 맞이할 준비가 되어있는 사람, 자신이 놓인 상황 속에서만큼은 늘 최선을 다하는 그런 사람이 되자. 행여 운 좋게 최선의 선택을 한다고 해도 그만큼의 노력은 늘 뒷받침돼야만 하고, 비록 최선의 선택은 아니었다고 해도 최선의 노력을 기울였다면, 어느 쪽이 더 나은 결과를 가져다줄지는 알 수 없다. 그러니 어쩌겠는가, 결과와 운이 궁금해서라도 그저 해보는 수밖에. 각자의 낮과 밤이라는 생산과 재생산의 시간을 잘 써보는 수밖에. 그러다 보면 어느 운 좋은 날엔 며칠이고 기분이 좋을 테니까.

아무쪼록 나를 최대한 잘 쓰고 가고 싶은 나는, 기를 쓰고 싸게 파는 노력을 기울일 바에야 책을 한 권 더 읽는 게 훨씬 나를 값지게 쓰는 일이라 믿는다. 그것은 또 다른 생각을 불러올 테니까. 그리고 더 이상은 하고 싶은 이야기가 없을 때 다른 이야기를 하러 떠날 것이다. 언제까지나 하고 싶은 이야기가 있는 그런 삶이고 나이고 싶다.

어째서인지 슬픈 이야기

아무리 화가 나서 시작한 생각이더라도 가다 가다 그 끝에 다다라서는 결국 슬퍼지는 이야기가 있다. 문제는 우리가 언제나 바쁘고 정신이 없다는 거다. 끝끝내 인정하긴 싫더라도 그게 나 자신이다. 그것도 정 아니라면, 도저히 인정을 못 하겠다면, 그토록 원하던 여유가 있을 때 내가 뭘 하고 있는지를 보면 그 또한 나 자신이다. '안 바쁘면 그걸 누가 못 해' 라고 늘 생각이야 하겠지만, 정작 안 바빠도 생각만큼, 바라던 만큼은 하고 있지 않는 나 또한 나 자신이다.

"배고플 때 넌 네가 아니야."라지만, 내 몸에 배어 있고 내 삶에 깃들어 있는, 기든 아니든, 원하든 원하지 않든 지극히 원초적인 내 모습. 코로나가 아니었더라면 결코 시도조차 하지 않았을, 이전엔 지극히 당연하다 생각해 온 과정들을 비대면으로 전환할 수밖에 없는 상황에 놓이고서야 막상 비대면으로 충분히 가능한 일도 있다는 걸 비로소 확인하게 된 것처럼.

세상에 당연한 건 없다는 걸 모르지 않으면서도 여태 당연한 거라며 자연스레 여겨왔던 것들.

일말의 의심조차 하지 않았던 것들. 그게 그냥 우리였던 거고, 또 우리인 거다. 그럴 수 있다. 충분히 그럴 수 있다. 저마다 수긍하는 기준은 다를지 몰라도. 그러다 가끔 고작해야 알량한 마음가짐이 전부였다는 사실을 확인하게 될 때마다 더러 허탈할 뿐. 양극화가 심화되다 못해 그렇지 않은 분야를 찾기가 되레 힘든 그런 시대에 저마다의 생각과 마음가짐이야말로 양극화의 격차의 저 끝에 달해있는 걸지도 모른다.

생각이 너무 많은 탓에 피곤하게 사는 사람들은 갈수록 그 거리만 더 늘어가고, 안 하는 사람은 뭐 충분히 그럴 수 있다 되뇌어 보지만 그 생각의 끝엔 늘 내일이라고 해서 별반 다르진 않을 것 같다로 귀결되고야 만다. 서글프게도. 아무리 화가 나서 시작한 생각이더라도 가다 가다 그 끝에 다다라서는 결국엔 슬퍼지고야 마는 그런 이야기. 나는 아니라며 단호하게 말할 수는 없는 우리 모두의 이야기.

사람을 위한

2부
소재

진짜 경쟁에서 이기는 길

포화시장일수록 경쟁만 치열하고 수익은 크지 않다는 걸 모르는 사람은 없다. 지금에 이르러서는 포화되지 않은 시장이 어디 있겠냐마는 섬유 제조업과 같은 2차 산업의 경우는 더욱이 대표적인 포화시장이다. 상황이 이렇게 된 것도 이미 오래인 데다 기술적인 발전은 더디고 설비투자에도 인색하다 보니 그 안에서 당장의 각자도생을 위해서는 늘 쉬운 답부터 먼저 찾게 마련이다. 업계의 체질 개선이란 개개인이 할 수 있는 가벼운 일은 아니니까. 쉬운 답은 늘 유혹이고 그 유혹의 대가는 업계 전체가 저수익 상태로 깊게 빠져드는 것이다.

흥미로운 점이 있다면 패자가 있다면 승자도 있어야 마땅한데 모두가 패자인 게임, 그게 바로 오늘날 우리가 몸담고 있는 업계의 어두운 민낯이다. 더군다나 우리끼리 한번 솔직해져 본다면, 과연 원단 자체의 기술적인 발전은 얼마나 남아있겠는가? 현재 공단 인력의 평균연령만 미루어 보더라도 과연 나라면 어떤 설비에 얼마나 투자를 할 수 있겠는가? 하물며 공단은 얼마나 더 갈 수 있겠는가? 요즘 같은 세상에 아직도 인간 존엄마저 위협받는 일들 투성이인데.

내 스스로 바꿀 수 없는 이러한 환경들은 정해진 고정 상수에 속한다. 강이나 바다와 다름없는. 가령 직접 원사를 개발하거나 설비를 바꾸는 등 인생을 건 투자를 하지 않는 이상, 내가 바꿀 수 있는 건 고작해야 내게 주어진 일을 대할 때의 나 하나뿐이다. 그렇다면 상수에 관해서는 더 이상 논할 필요도 없다. 내 노력으로 바꿀 수 있는 부분만이 결국 일말의 가능성이라도 남아있는 변수란 얘기다. 그걸 제외한 나머지는 모조리 상수에 해당하니 마음 편히 논외로 둬버리자는 것이다. 우리가 처한 현실을 탓할 것도 탓할 누구도 존재하지 않으니 기대는 그저 주어진 일을 대하는 나 하나에게만 걸어보자.

경기 또한 마찬가지다. 호경기란 신기루와 다를 바가 없으니. 업계가 처한 현실뿐 아니라 경기 또한 결코 기대할 만한 것이 아니라는 얘기다. 성수기 비수기가 매우 뚜렷한 업종임에도 때 되면 찾아오는 비수기에 매번 합당한 근거도 없이 경기를 예측하는 동시에 막연한 기대까지 걸면서도 정작 성수기만을 마냥 기다리는 모습은 더는 구체적인 묘사가 필요 없을 만큼 뻔한 클리셰니까. 결국 답은 그 장면 안에 담겨있다. 성수기에는 정작 바쁘다는 핑계로 미뤄뒀을 수많은 일들이 곧 내 노력으로 바꿀 수 있는 몇 안 되는 변수임에도 비수기를 바삐 보내는 이들을 본 적이 있는가? 엄밀히 말하자면 작업지시서를 포함한 서류를 기반으로 쳐내야 되는 일은 누구나 다 하고, 할 수밖에 없는 일이다. 비록 결과물의 완성도는 다를지언정. 쳐내야 할 일이 단 하나도 없는 평온한 시간이야말로 진짜 나를 마주할 때다. 나와 내 시간의 가치는 다름 아닌 그 평온을 어떻게 대하느냐에 달려있다. 우리가 무엇을 팔아먹고 살건 간에 실은 재화가 아닌 시간을 파는 거니까.

누구에게나 주어지는 그 평온의 시간을 해치면서까지 자신에게 투자한다면 그러한 노력의 가치는 당연히 비싸지는 것이 합당하다.

이런 생각을 하고 있노라면 세상에 평온보다 비싼 건 없는 것만 같다. 내일의 평온을 살 수 있는 건 오직 오늘의 번뇌뿐인 것만 같아서. 업계 전체가 저수익 상태라면 고작해야 박리를 취하는 것이 이 안에서는 보편적일 것이다. 박리를 취하더라도 많이 팔기만 하면 상쇄되는 거 아니냐고 반문할 수도 있겠으나 다만 그것이 가능한 업체는 그리 많지 않다. 박리다매도 규모의 경제로 접근했을 때만 효율을 따져볼 수 있는 일이고, 이미 덩치가 큰 업체의 경우에만 가능한 좁은 선택지에 불과하니.

더군다나 요즘 같은 세상에 아직도 여신 거래가 당연하게 이루어지는 업도 흔하진 않다. 하필 그 안에도 속하기 때문에 불가피하게 박리다매를 추구하는 경우에도 그만큼 사업 운전자금이 많이 필요할 거라는 얘기다. 들어는 봤나? 이른바 돈 놓고 돈 먹기. 엄청난 자금을 투입하고서도 정작 기대할 수 있는 것이 그리 많지는 않을 거란 얘기다. 그것 또한 사고가 나지 않았을 때에 한해서. 그럼에도 불구하고 기를 쓰고 내 영혼과 시간을 내어줄 자신이 나는 없다. 왜냐하면 그것은 굳이 내가 아니어도 누구나 할 수 있는, 이미 많은 이들이 앞다투어 하고 있는 일이기 때문에. 그래서라도 더더욱 나만이 할 수 있는 나의 이야기가 아니라면 해야 될 이유를 찾지 못한다. 낮에만 열심히 일하고 싶지, 소위 말하는 밤에 하는 일은 하고 싶지도 않다.

　그런 덕을 보거나 경기 덕을 봐야지만 일을 할 수 있는 거라면 나는 하고 싶지 않다. 내가 하고 싶은 건 일보다는 내 이야기니까. 쉬운 답은 늘 유혹이고 그 유혹에는 반드시 대가가 따른다. 마진을 줄이는 걸 노력이라 하기에는 민망하다. 제 살 깎아먹기에 불과할 뿐. 그보다는 경쟁하지 않는 방법을 찾아야 한다. 소모되지 않는 자신의 가치, 그것을 지켜내려면. 진짜 경쟁에서 이기는 길은 어쩌면 애초에 경쟁 따위를 하지 않는 방법밖에는 없다. 보통 경쟁에서는 무엇을 할 것인가가 첫 번째 고려 대상이겠으나 경쟁을 하지 않기 위해서는 무엇을 하지 않을 것인가를 따져보는 것이 먼저다. 박리를 취하는 것이 보편적인 거라면 보편적인 것부터 먼저 피해야 한다는 얘기다.

　같은 생지를 사용하더라도 다른 제품을 추구해야 한다. 물론 그것은 보편을 벗어난 일이기에 별도의 투자와 노력은 물론이고 창의성까지 더해져야 가능한 일이다. 최소한 이미 세상이 알고 있는 정답지는 아니어야 하니까. 그런 일을 비로소 할 수 있는 소중한 시간이 다름 아닌 비수기다. 쳐내야 할 일이라곤 아무것도 없는 표면적으로는 모두가 평온한 시간. 같은 재료를 갖고 만들어 낼 수 있는 요리는 셰프의 상상력과 실력에 따라 무궁무진하듯 우리 또한 새로운 메뉴를 개발해야 한다. 혁신과 창조는 결코 세상에 없는 것들 속에서 생각해 내는 것만은 아니다. 세상에 널려 있는 것들 중에서 세상에 없는 것들을 상상할 때에도 만들어지니까. 나만의 시그니처 메뉴를 가지고 있어야만 기본 메뉴 또한 덩달아 팔 수 있는 법이다. 신메뉴를 꾸준히 가져오는 업체라면 당연히 믿음이 가고 절로 기대가 될 테니까.

　기본 아이템, 이른바 기본 물이 좋으려면 우선 민감해야 한다지만 나는 언제나 고객만 못하다. 알량한 내 눈과 손에는 개인적인 염원이 담겨있기 때문이다. 출고일이 임박한 상황이라면 더할 나위 없다. 눈과 손은 늘 순조로운 컨펌과 출고를 원하기에 알아서 왜곡하며 스스로를 현혹시키게 마련이다. 말하자면 기본 물을 수행하는 능력이 좋지 않은데 특별한 아이템이라고 해서 특출나게 잘 다룰 수 있을까?

컬러를 보는 내 눈과 촉감을 느끼는 내 손을 의심하고 나 자신을 또 의심해야만 한다.

상황이 이렇다 보니 늘 생산하는 입장에서는 마치 고객이 더 예민하고 까다롭다고 오해하는 것은 당연한 일이다. 물건을 사고파는 것은 등가교환의 개념이기에 사는 사람은 가성비를 원하고 파는 사람은 더 많은 마진을 원한다. 엔드 바이어와 디자이너가 둔해서는 안 된다. 옷을 직접 구매하는 고객을 만족시켜야 되는 자리이기에. 좋은 제품이 그냥 나올 리는 없다. 애를 쓰면 쓰는 만큼의 결과를 얻는 것 또한 등가교환에 해당하는 세상의 이치니까.

내 눈과 손은 결코 믿을 만한 것이 못 된다는 게 늘 문제다. 당장 출고일이 임박해 있고 제때 출고를 하지 못했을 때 생기는 문제를 떠올리면 쉬이 현혹당하기 마련이다. 브랜드 가치란 다름 아닌 고객의 신뢰가 쌓여갈 때 생기는 것인데 내가 현혹당한 그 순간이 어떤 나비효과를 불러올지 당장은 알 수 없다. 신뢰를 얻는 것은 매우 점진적인 일이라서 뭔가 잘못되었음을 인지하는 순간 그 가치는 이미 크게 훼손되었을 가능성이 크다. 얻는 것은 매우 더딘 반면에 잃는 것만큼은 찰나에 불과하니까.

노동만이 인간을 인간답게 하고, 그 노동의 대가는 돈으로는 살 수 없는 소중한 것들을 지키는 데 쓰인다. 나뿐만이 아니라 가족의 건강과 행복을 지켜주는 것도 다름 아닌 내가 버는 덕분이다. 그리고 그것은 바이어가 주는 일로부터 비롯되는 것이다. 과연 지금의 바이어는 어떤 것을 보고 어떤 생각을 하는지 거기에 맞춰서 당연히 내 시선도 따라가야 한다. 인간은 늘 입고 살아간다. 하물며 우리는 그 옷을 만드는 원단을 업으로 삼은 사람들이다. 이 업계에 종사하고 있는 한 삶과 일은 별개로 분리되어 있지 않다는 얘기다. 일을 할 때만 원단을 다루는 것이 아니며 옷을 입거나 살 때에도 마찬가지다. 내가 일로 다루는 원단과 내가 사 입는 옷이 다른 영역이 아니다.

그런 측면에서 시장조사 또한 우리의 삶과 분리시켜서는 안 된다. 꼭 직접 가는 것만이 시장조사는 아니다. 우리는 입고 다니고, 그 와중에 옷을 입은 다른 사람들을 마주한다. 내가 납품하거나 개발하는 원단도 그 자체를 완성품으로 볼 것이 아니라, 어떤 옷을 만드는 데 적합할지 세분화하여 염두에 두고 상상하며 살아가야 한다. 우리에게 주어진 일과 삶이라는 시간은 별개가 아니라 매 순간이 업에 도움이 되는 수업이다. 다만 염두에 두고 살 때에만.

그냥 좋은 원단은 없다. 그 쓰임이 저절로 떠올라야
비로소 좋은 원단이다.

이제는 너무 흔해서 식상한 지속가능성이란 단어를 나는 좀 다르게 해석하며 즐겨 사용한다. 이와 같은 키워드를 업계는 늘 필요로 한다. 당장 떠오르는 단어만 나열해 봐도 냉감, 미세먼지 차단, 리사이클, 항균 등 널려 있고 엄밀히 따지자면 이런 것들은 소비자가 원한다기보다는 영업을 담당하는 기획자에게 그리고 그들이 속한 브랜드가 이를 더 필요로 하고 좋아라 한다. 어쨌든 시즌마다 새로이 내세울 만한 세일즈용 키워드가 꼭 필요하기 때문이다. 업을 하는 우리는 알다시피 들여다보면 반은 맞고 반은 틀린 내용이 대부분이지만.

일례로 냉감의 경우 원사적 물성이든 후가공 특성이든 냉감성은 올릴 수 있겠으나 굳이 그렇게 하지 않더라도 그 것을 이미 어느 정도는 가지고 있는 나일론이 버젓이 존재한다. 실제로 일반적인 나일론 스트레치 원단으로 냉감값을 측정해 봐도 썩 나쁘지 않은 수치가 나온다. 물론 세부적인 조건에 따라 결과는 상이하겠지만.

도전사를 이용한 정전기 방지는 어떠한가? 심지어 그것은 미세먼지 차단이라는 기적의 창의력으로 이어진다. 리사이클은 또 어떠한가? 과연 내수시장 고객들 중 얼마나 지속 가능성이 있는 윤리적인 소비에 관심을 갖고 기꺼이 더 비싼 값을 치를 수 있겠는가? 그럼에도 불구하고 업계는 이런 키워드들을 통해서라도 꾸준한 세일즈 효과를 누려야만 한다. 그래야 업계가 사니까. 전체에 도움이 된다면 그것의 진위 여부를 꼼꼼히 따질 것이 아니라 있는 그대로 받아들이는 것이 맞다. 그것이 비록 반쪽짜리 진실이라 할지라도.

내 경우에는 지속가능성이라는 단어를 리사이클과 결

부시키지는 않는다. 내게 있어 지속가능성이란 내가 선택하고 행하는 일이 한시적인 것이 아닌 그야말로 오래 지속이 가능한 방법이나 방향인지 여부다. 그리고 오래 지속할 수 있으려면 그것을 행하는 나 자신의 성향과도 맞는 나다운 일이어야 한다. 일이 바빠서 내가 정신이 없을 때에도 너무 애쓰지 않고 무지성에 가깝게 자연스럽게 나오는 행동들이라야 진정 나다운 모습이 아닐까?

사업이란 저 멀리 있는 등대를 향해 장기적인 관점을 갖고 나아가는 것이다. 하물며 그 방향과 방법에 관한 것이라면 스스로 신중하게 지속가능성을 따져본 후에 전략을 선택적으로 취할 필요가 있다. 어차피 우리는 시황에 무참히 흔들리고 마는 한없이 가벼운 존재들이 아닌가? 무엇을 행하든 그 주체는 나고, 그것을 지속적으로 행할 수 있는 것 또한 다름 아닌 나다. 어른에 가까워진다는 것은 스스로를 더 잘 알아가는 것이다.

무엇이 위대한 삶인지 모르는 어른은 없고, 위인전을 읽는다고 해서 모두가 위인이 되는 것도 아니다. 다만 우리는 그저 각자에게 맞다 싶은 선택들을 하고 책임지며 살아갈 뿐. 내가 선택한 내게 맞는 방법이라야 진정 지속가능성이 있고 그런 일이라면 성공이든 실패든 기꺼이 받아들이고 책임질 수 있을 테니까. 우리는 때로 남다울 수 있지만 지속가능성이란 다름 아닌 나다움이다.

S/S, F/W를 포함해 일 년에 딱 두 번 정해진 시즌 상담

이 영업에 주어진 가장 큰 기회라지만, 그것 이외에도 우리는 종종 키워드를 숙제로 받는다. 이번에는 리사이클을 받았다고 가정해 보자. 가장 중요한 것은 물론 이른바 소싱 능력이라 생각하겠지만 실은 다름 아닌 통역 능력이다. 탁월한 통역이야말로 우리 삶 전반에 걸쳐서 큰 영향을 미친다. 굳이 안 챙겨도 된다는 어른들의 말만 철석같이 믿었다가, 나만 빼고 다 챙긴 탓에 정작 나만 무지 민망했던 것처럼.

"이번에는 리사이클 원단을 좀 보여주세요."라는 단순해 보이는 문장 그 행간에 숨겨진 의미를 찰떡같이 알아들어야 제대로 된 숙제를 할 수 있다. 우리가 사 입거나 매장에 걸려있는 옷들은 이른바 '제품'이다. 그리고 그 '제품'이 되는 원단의 기준을 우리는 이미 삶을 통해 잘 알고 있고 정작 우리도 그러한 '제품'만을 제 품에 안고서는 매장을 나온다.

이처럼 제품이란 당연히 당장 옷을 만들어도 어색하지 않을만한 수준의 원단을 뜻한다. 바이어가 리사이클 원단을 가져오라고 했기로서니 리사이클만 되어있는 원단을 찾는 것은 아무짝에도 쓸모가 없는 짓이란 얘기다. 그것은 제품이 아니기에. 당장 옷을 만들어도 어색하지 않을 만한 제품 수준을 갖는 것은 마땅히 깔려있는 내용이고, 거기다 리사이클까지 가미된 원단을 보여달라는 얘기다.

설령 리사이클은 되어있다고 치자. 그것이 옷으로 만들 만큼 아름답지 않다면 무슨 의미가 있겠는가? 여기 어디에도 우리가 몰랐던 사실은 없다. 다만 여느 때처럼 일을 위한 일을 했고 진심을 다하지는 않았을 뿐. 김춘수 시인에게 꽃이 그랬던 것처럼 원단을 다루는 우리에게도 쓰이지 않는 원단은 꽃이 될 수 없다.

일을 위한 일은 일이 아니다. 원단에 있어서 심미성이란 늘 근간에 깔려있어야 하는 것임에도 불구하고 우리는 종종 물성이라는 단순한 스펙에 매몰되곤 한다. 컬러, 터치와 같이 그게 뭐라고 늘 우리를 웃고 울리는 단어들이 실은 이러한 심미성을 대표하는 단어들이다. 설령 이번에는 그것을 언급하지 않았다고 해서 내 마음대로 빼도 되는 선택사항이 아니라는 얘기다.

리사이클화되지 않았을 때도 좋은 원단이라야 리사이클 버전으로서의 가치가 있고 아울러 쓰임도 있다. 국어를 잘하지 않는 사람은 결코 일을 잘할 수 없고, 잘 시킬 수도 없다. 심미안 또한 마찬가지다. 심미안 없이 원단을 예술로 다루기는 어렵다. 애초에 경쟁이란 무엇이며 우리는 그 경쟁을 어떻게 준비해야 할지, 그리고 어디서부터 어디까지를 경쟁으로 보아야 할지는 물론 개인에게 달려있다. 하지만 우리는 이미 업계 내에서의 경쟁뿐 아니라 세분화된 다른 업계의 도전까지도 받고 있다. 이를테면 아웃도어 바지의 주류였던 나일론 스트레치가 트리코트로 상당수 대체된 것도 이미 오래인 것처럼. 트리코트 시장은 원래 이너로 분류되어 있었고 S/S에만 특화되어 있었으나 그 틀을 깨고 또 다른 포화시장을 공략할 수 있었던 좋은 사례다. 이른바 낯선 것이 가져다주는 신선함이다.

어쩌면 우리는 미래를 위한 경쟁은 하지 않고 눈앞의 경쟁만을 위해 스스로 희소성과 부가가치를 꾸준히도 부숴온 결과 지금과 같은 공멸의 상태로 접어든 걸지도 모른다. 그렇다면 오늘의 우리는 어떤 경쟁을 어떻게 준비할 것인가? 지금이야말로 현실을 냉정하게 들여다보고 역량을 철저히 재검토해 가며 몇 안 되는 강점만을 특화해 나아갈 때다. 어쩌면 우리를 잘 모르는 것은 고객이 아니라 우리 자신일지도 모른다. 나 또한 마찬가지다.

Good artists copy, Great artists steal

얼어붙은 시장에서의 도전이란 종종 사치라 여겨진다. 당장 실사용자인 브랜드에서부터 새로운 일을 꾸미기보다는 과거 이력을 토대로 소위 팔렸던 쪽을 택하는 것이 담당자 입장에서도 무리하지 않는 안전한 선택이기 때문이다. 예전엔 잘 팔리던 게 이제는 잘 안 먹힌다 싶으면 최소한 욕은 덜 먹는데, 호기롭게 괜한 도전을 했다가는 자리를 위협받게 될지도 모를 위험한 일이다.

충분히 이해한다. 이처럼 시황이 좋지 않음에도 새로운 도전을 하는 것은 오너가 아니고서야 감당하기 쉽지 않은 일이니까. 그로 인해 이전 단계로도 한 단계씩 점차 전이되기 시작하고, 업계 전체로 퍼지며 우경화가 진행되는 건 지극히 자연스러운 현상이다. 하여 이것은 실질적인 개발자에게도 똑같이 영향을 미치게 마련이다.

우리가 개발이라고 일컫는 대상에는 정말로 세상에 없

는 것들뿐만 아니라, 이미 시장에 나와있는 검증된 상품 또한 큰 영향을 미친다. 무언가를 재현해 나아가는 과정, 그 안에서 얻어지는 깨달음으로 또 다른 새로운 것을 낳게 마련이니까. 이처럼 세상에 없던 것을 만들어 내는 것은 꼭 "유레카" 할 때만이 아니라, "이미 세상에 널려 있는 것들" 중에서 새로운 상상을 할 때도 만들어진다.

우리가 진정 "유레카"를 외칠 일이 과연 얼마나 자주 있을까 생각해 보면, 할 수 있는 또 해야 하는 일들은 자연스럽게 내 안에서 정제되어 나오게 마련이다. 평상시에도 영감의 끈을 놓지 않고 줄곧 부여잡고 있어야만 한다. 시장이 얼어붙어 있을 때일수록 더욱 작은 유레카를 차근히 만들고 쌓아가며 후일을 도모해야 하니까. 극적인 성장은 결코 극적으로 찾아오지 않는다.

거리두기 해제 등을 포함해 코로나로부터 일상 회복에 관한 뉴스들이 쏟아져 나오고 있다. 코로나 기간 동안도 그러했지만 정책이 어떻든 간에 저마다의 성향들이 결국 개개인의 행동을 결정하고 일상에 있어서든 생업에 있어서든 진정한 각자도생의 시대에 돌입했다고 보는 것이 오히려 맞겠다. 그보다 더 반가운 것은 코로나라는, 누구든 언제나 꺼내어 쓰기 편하고 당연한 핑곗거리가 드디어 사라진다는 거다. 길었던 이 시국을 마치 솥에서 개구리가 삶아지는 기간으로 보내지 않았다면 당연히 모두 다 잘되고 모두 다 잘 사는 게 맞다. 일상에서의 작은 유레카들을 쌓아왔다면 말이다.

이제부터는 잘하든 못하든 오롯이 본인의 몫이다. 주식, 부동산 등의 불로소득에 가까운 것들을 얻지 못하면 마치 뒤떨어지는 취급을 받는 대국민 빌런의 시대, 그 속에서도 노동의 가치, 일상의 작은 유레카들의 가치가 부디 훼손되지 않고 귀히 여겨져서 후대에도 온전히 전해질 수 있기를 바란다. 공부는 수업 시간에, 일은 업무 시간에, 다만 성실히 하는 게 누구나 다 알고 있는 해답이 아닐까? 끊임없이 정진하고 공부하는 어른들만이 떳떳하게 그런 아이들을 길러 낼 수 있다.

"We will find a way, we always have.(우리는 답을 찾을 것이다, 늘 그래왔듯이.)" 꽤나 울림이 컸던 영화 〈인터스텔라〉의 대사다. 누군가는 답을 찾을 것이고, 누군가는 또 다른 핑곗거리를 찾을 수도 있지만, 거리두기 해제가 부디 많은 이들에게 좋은 소식이자 반가운 기회가 되기를 바란다.

여담이지만 새로운 도전을 뜻하는 개발이야말로 가급적 오너가 직접 자신의 의지로 밀고 나가는 것이 맞다. 더군다나 시황까지 안 좋은 때라면 더욱이. 개발이라는 것은 반드시 취향이 개입되게 마련이고, 취향만큼 주관적인 것도 없다. 시장조사 또한 마찬가지로 지극히 취향을 기반으로 하는 투자이고, 투자를 결정하는 것도 감당하는 것도 언제나 오너의 몫이다. 평소에 훌륭한 것들을 많이 보고 안목을 기르는 방법밖에는 없다.

가만히 불안을 들여다보면 대부분은 나로 인한 것들이

다. 내 취향과 안목을 믿지 못해서. 나도 나를 믿지 못해서. 부지런히 보고 부지런히 공부하라. 안목이란, 쉬이 생기지 않는 만큼 취향과는 다르게 스스로 믿고 기대볼 만한 것이니. 그러니 탓할 누구부터 먼저 찾을 생각일랑 넣어 두자.

> 개발도 시장조사도 미래를 가늠해 보고 예측하는 일이라 역사와 마찬가지로 최소한 현재까지 나온 과거의 것들을 이해하고 있을 때에만 가능한 일이다.

과거와 현재도 이해하지 못하는 자에게 쉽게 헤아릴 수 있는 미래란 없으니까. 어디까지나 자신을 믿거나, 자신의 노력을 믿거나 둘 중 하나다. 혹 운이 따라줘서 두 가지 모두를 믿어 마지않는다면, 그런 자신의 노력을 믿어보거나.

영화 〈기생충〉의 봉준호 감독이 시상식에서 했던 말이 한동안 크게 회자된 적이 있다. "가장 개인적인 것이 가장 창의적인 것이다." 그렇다. 이 영화에 클리셰라고는 찾아보기 어렵다. 감독 본인이 쓴 시나리오로 본인의 의지로 만들어 낸 영화였기에, 마지막 결과물에 이르기까지 지독하게 개인적일 수 있었을 것이다. 덕분에 세계적인 성공으로도 이어졌고, 말이 회자되기에 앞서 먼저 그 말을 할 기회를 얻었다.

이처럼 창작에는 시간은 물론이거니와 영혼을 담은 노

력을 요하고 당장은 성과도 없는 자금마저 투입된다. 애석하게도 한 발만 더 나가면 손에 잡힐 것 같은 그 시점은 오로지 개발자만이 알 수 있다. 여기서 더 가도 되는 것일까? 성에 차지도 탐탁지도 않지만 더 이상은 감당하기 두려운 나머지 이쯤에서 덮고 돌아서야 될지도 모른다. 당연히 뒷심이 붙기가 어렵다. 따지고 보면 당장 팔리는 개발은 그리 흔하지 않다. 그랬다면 오히려 개발이 아니라 숙제에 더 가까웠을 것이고, 숙제를 잘한 걸 가지고 그렇게 뿌듯해할 일은 아니다. 누가 시킨 일도 아니면서 심지어 옆에서 아무리 뜯어말릴지라도 그럼에도 이어 나가고 싶은 것이야말로 진정한 개발이 아닐까?

물론 새로운 제품이 빛을 보기까지의 시간은 오너에게도 길 것이고 이따금 떠오를 때면 화도 좀 나겠지만. 개발자에게는 그로부터 매일이 가시방석일지 모른다. 심지어는 그것을 떠안고서 또 다른 무언가를 만들어 나가야만 하는 애석한 처지다. 믿어주라. 응원해 주라. 정 그게 어렵다면 깊게 개입하고 같이 만들어 나가라. 봉준호는 봉준호다워야 하고, 개발자도 개발자다워야 하지 않겠나. 여기서 멈췄다가는 자고 일어나서 몸서리치게 될지도 모르니까. 간밤에는 썩 괜찮았던 연애편지처럼.

레드 카펫이 되는 꿈
- 소재를 다룬다는 것, 그 빛과 그림자에 관하여

원단이란 의류를 만드는 데 바탕이 되는 재료, 즉 소재를 의미한다. 의류 생산 과정에 있어서 어떠한 문제라도 생기면 지체 없이 먼저 연락하는 곳도 다름 아닌 원단 납품 업체인 걸 감안하면, 아마도 패션업계 종사자들 모두가 원단이 곧 근간임을 암묵적으로 동의한 것일지도 모른다. 즉 옷의 기본기나 다름없다는 뜻이다. 하지만 빛과 그림자는 늘 함께하는 법, 빛이 환할수록 그림자 또한 짙게 드리우기 마련이다. 그림자란 홀로 생기지도 저절로 생기지도 않는 수동태의 존재니까. 빛날 때는 그 빛이 제대로 발할 수 있도록 그저 묵묵히 뒷바라지하는 역할로 보이지도 드러나지도 않다가, 그림자가 짙어질 때는 어느새 빛보다 앞장서는 어둠이 되기도 한다. 소재란 어쩌면 빛에 가려진 어둠이었다가 더러는 찬란한 그 빛마저 가려 버리는 더 큰 어둠이 되기도 하는 쓸쓸한 운명을 타고난 존재일지도 모른다.

사업의 본질이 이윤창출인 것처럼, 생산의 본질은 곧 판매를 위함이다. 이제는 친환경을 대표하는 단어로 널리 쓰이는 지속가능성이라는 말도, 먼저 팔리고 난 다음에야 논할 수 있다. 파타고니아가 단지 친환경을 대표하는 기업이라 물건이 팔리는 것이 아니라, 잘 팔린 덕택에 비로소 더 집요한 친환경화도 추구할 수 있었을 테니. 팔리지 않는 물건이야말로 지속가능성이 없는 미약한 존재란 걸 가장 잘 아는 것은 어쩌면 그들일지도 모른다.

더군다나 경기가 좋지 않아서 물건이 안 팔리는 시기에 제품을 기획하는 것은 매우 까다롭고 부담스러운 일이다. 시황이 좋을 때 잘 팔린 제품으로부터 그만한 이유를 지금에 와서 찾아내기란 말처럼 생각처럼 쉬운 게 아니니까. 하물며 그것을 직접 기획했던 사람들에게조차. 이와 같이 되는 이유를 찾는 것은 쉬이 복기조차 잘 안 되는 어려운 일이다. 반면에 안 되는 이유는 도처에 널려있으니 그 중심에 있는 소재가 가진 쓸쓸한 운명이라 하겠다. 잘될 때 우리는 안 되는 이유를 알지 못하고, 정작 안 될 때 우리는 잘되는 이유 하나조차 잘 알지 못하니까.

소재란 제품을 만드는 이들에게는 단지 원자재에 속하지만, 그것을 만드는 이들에겐 그 자체로 완성품이 되기도 한다. 소재란 이처럼 바라보는 관점과 입장에 따라 그 무게가 완전히 달라지기도 한다. 하물며 법을 해석함에 있어서도 논란이 이는 세상이니까. 어쩌면 그 너머에 있는 함의에 대해서는 세세히 풀어서 표현하거나 모든 사례를 일일이 다 담아낼 수 없다는 이유만으로. 하지만 소재가 누군가에게 원자재로 쓰이기 위한 것이라면, 더 이상 완성품이라 여겨서는 안 된다. 비록 형식적으로는 그럴지언정.

소재란 아마도 오롯이 과정으로 대할 때 한없이 빛나고, 과정이 아닌 결과라 여길 때는 한없이 외로운 존재일지도 모른다.

나를 위한 나만의 일이라면 기어코 누군가를 외롭게 만들지도 모를 일이니까. 그 속에는 나 아닌 누군가를 위한 이타적인 마음은 없기에. 사람을 외롭게 만드는 것은 이처럼 다름 아닌 타인을 배제한 사람이고, 소재를 쓸쓸하게 만드는 것은 정작 그런 우리일지도 모른다. 늘 최선이어야겠지만, 다만 어디까지나 재료로써.

시황이 좋지 않거나 야심 차게 기대했던 제품이 잘 팔리지 않거나 혹은 이 두 가지가 한 번에 중첩되는 시점의 기획이란 더더욱 조심스러운 일이다. 앞서 밝힌 바와 같이 누구나 시황이 좋던 그 시절 잘 팔리던 물건을 가장 먼저 떠올리겠지만, 정작 간절히 원할 때 되는 이유를 찾기란 말처럼 쉬운 것이 아니다. 그다음은 컬러를 비롯한 소재다. 이 시기의 소재 선정은 당연히 더 까다로워질 수밖에 없다. 말이나 글이 토씨 하나로 인해 그 맛이 달라지듯, 소재 또한 토씨 하나에 더 집착할 수밖에 없는 예민한 시기다. 기획에서부터 제품화에 이르는 단계별 의사결정 과정 또한 평소보다 더 많은 시간이 소요될 수밖에 없다. 차라리 엎어지지만 않아도 다행이라 여길 정도로.

하지만 우리 모두가 알고 있듯이 제품의 매장 입고 시점은 정해져 있다. 더군다나 달력상 절기와 피부에 와닿는 계절도 어쩐지 갈수록 잘 맞아떨어지질 않는 느낌적인 느낌이고. 그럴수록 납기와 입고 시점에 예민해질 수밖에는 없다. 여기까지가 다만 기획의 입장에서 벌어지는 문제들이고, 이제부터는 생산의 민낯으로 넘어갈 시점이다.

1차적인 설비와 그것을 다루는 사람들의 고령화에서부터 그에 따른 투자 위축까지가 생산이 가진 문제의 본질이자 전부다. 되는 이유를 좀처럼 떠올리기 어려운 것처럼 이 또한 해결되기 어려운 문제라는 것쯤은 구구절절 설명하지 않더라도 업계 종사자라면 누구나 쉽게 유추할 수 있을 법한 문제라 별도로 언급하지 않고, 질문 딱 하나만 하고 넘어가도록 하겠다. 과연 당신이라면?

생지, 염색을 포함한 공장이 갈수록 줄어드는 건 차라리 정해진 미래에 가깝다. 모두 같은 시기에, 하물며 같은 공장에 사이좋게 모여 내 물건을 만들고 꺼내 와야 하지만, 공장 내부에서의 상황은 수요와 공급의 원칙에 비추어 각자의 상상에 맡기도록 하겠다. 원사, 사가공을 포함한 원자재는 또 어떠한가? 납기와 퀄리티라는, 우리가 마땅히 지켜내야 할 약속을 지켜내기란 갈수록 쉽지만은 않은 일이다. 내 앞과 뒤에 놓인 공정, 그 어디에서도 여유를 찾아보기란 어려우니까.

이쯤 되면 브랜드가 자체 공장을 가진 업체와 일을 하고 싶은 건 당연한 일이다. 나라도 그랬을 테니. 하지만 여러 정황을 조금만 곱씹어 보면, 소재 특성상 공정이 길거나 금액이 커지는 일일수록 그것을 홀로 감당해 내기란 여간 어려운 일이 아니다. 일이 순조로울 때의 열매나 단 것이지, 그렇지 않을 경우에는 오히려 독배에 더 가깝기 때문에.

엔드 바이어를 직접 마주한다는 걸 들여다보면, 실은 생산보다는 통역에 가깝다. 같은 표현이라도 바이어와 현장이 사용하는 어휘가 다르고 행간에 숨기는 의도도 제각각이라, 그 사이 외나무다리에서 치열하게 균형을 잡아가며 정신을 바짝 차리지 않고서는 제대로 된 통역을 해낼 수가 없다. 그야말로 디자이너가 말로 표현하는 그림을 소재로 디테일한 구현을 해낼 정도가 아니라면, 제대로 된 개발 숙제마저 불가능하다. 상황이 어떻든 원단이 소재로써 본연의 기능을 충실하게 할 수 있도록 아무쪼록 공부하며 살아남는 방법밖에는 없다. 그러고도 혹시 여력이 조금 남는다면, 어렵게 배운 걸 쉽게 나눠주어야 한다. 물론 안 바쁜 사람이야 없겠지만. 이건 어쩌면 레드 카펫이 되는 꿈에 가깝다. 타인을 위해 기꺼이 나를 펼치고 나서야 꿀 수 있는 꿈.

과거의 내가 현재에 이르러서야 비로소

뭔가를 꼭 만들어내야 할 긴박한 상황일수록 정작 결과물을 만들어내기란 쉽지 않은 일이다. 그도 그럴 것이 세상엔 이미 물건들로 넘쳐난다. 인간이 여태 만들어 온 물건보다 앞으로 만들 물건이 더 적을 것이 분명해 보이는 과잉의 시대를 우리는 살아가고 있다. 더군다나 물건을 그냥 더 많이 만드는 것도 아니라 전혀 새로운 물건을 만들어야 한다면, 그것은 지금의 내가 만든다기보다는 과거의 내가 현재에 이르러서야 비로소 만들고 꺼내어놓는 개념에 차라리 더 가깝다. 새로운 걸 만들어내기 위해 필요한 재료가 꼭 새것만은 아니다. 어쩌면 나도 모르는 사이 내가 찍어온 수많은 점들을 그저 여태 그어온 혹은 그어봤던 선들을 제외한 또 다른 선으로 이어가는 일일지도 모른다.

새로운 것에 대한 결핍을 또 다른 새것으로 오랜 기간 채워온 결과, 더 이상은 새것 이외에는 부족함이 없는 과잉의 시대를 살아가게 되었다. 매년 연말 우리는 어김없이 달력 과잉의 시점을 맞이하게 된다. 더군다나 요즘은 핸드폰 달력으로 일정을 관리하는 것이 더 효율적이다 보니 아날로그 달력은 그저 물리적으로 자리만 차지하는 천덕꾸러기 신세로 전락한 지 오래다.

요즘은 어디에서도 벽에 걸린 큰 달력을 찾아보기가 어렵다. 그럼에도 불구하고 판촉 시장은 어쨌거나 사람들이 잘 활용하거나 말거나 늘 해 오던 대로 만들던 대로 별생각도 대안도 없이 유지돼 보이는, 조금은 부러운 시장이다. 물론 마냥 그렇지만은 않겠지만. 넘쳐나는 달력 중에 그나마 자리도 적게 차지하고 내 맘에 드는 건 아끼는 후배가 챙겨 주던 달력이었는데, 꼭 얻어서만 쓸 이유는 없으니 2017년부터는 나도 매년 직접 제작해 왔다. 그리고 그 바닥 면에 쓰인 문구는 처음부터 지금까지 단 한 번도 바뀐 적이 없다.

"혁신과 창조는 '세상에 없는 것들' 속에서 생각해
내는 것이 아니다. '세상에 널려 있는 것들' 중에서
'세상에 없는 것들'을 상상할 때 만들어진다."

우리가 무심코 나무를 올려다보다가도 이따금 하늘을 쳐다보게 되는 것처럼. 설령 새로운 것을 떠올릴 때에도 어디 새로워 보이는 게 없나 하고 무작정 나서서 헤매고 볼 일만은 아니라는 뜻이다.

내 경우에 시장조사는 주로 4월 중순과 11월 중순에 도쿄로 가는 편이다. 물론 시즌 상담을 고려하면 남들보다는 많이 느린 시점이긴 하나 그만큼 명확한 이유가 있다. 남들보다 느린 만큼 당장 눈앞에 놓인 상담에 사용할 즉시 전력감을 찾기보다는, 그것을 들여다보고 재현해 보며 얻어지는 깨달음으로 내 이야기를 덧입히는 개발을 즐기기 때문이다. 물론 내가 참고한 것은 엄연히 존재할지언정, 그것은 더 이상 이미 세상에 있던 이야기가 아니다. 이를테면 홑겹 점퍼용 소재를 만들면서 겨울 다운용 소재를 곁들여 만든다든가 하는 식이다. 겨울 소재라고 해서 꼭 겨울 옷만 볼 필요는 없다는 얘기다. 우리는 여름 소재를 보면서도 겨울을 상상해야 하고, 겨울 소재를 보면서는 또다시 맞이할 여름을 상상해야만 하는 딱한 처지이니까.

매년 시즌북을 만들어내는 시점에 이르러서야 여태도 내게 없었던 새로운 걸 찾아 헤매는 건 믿고 기댈 만한 것이 아니라는 뜻이다. 그래서 내가 찾은 답은 봄에 하는 S/S 시장조사를 통해 가을 겨울 소재를 준비하면 F/W 상담 시기와 맞아떨어지고, 가을에 하는 F/W 시장조사를 통해서는 S/S 홑겹 소재를 상상하는 것이다. 그렇게 몇 년을 거듭하다 보면 어느덧 옷 샘플 자체로도 여유가 생기고 개발 소재 또한 여유가 생긴다. 더군다나 그것이 세상에 없는 나의 이야기라면, 얘기를 하는 나도 즐겁고 듣는 이 또한 신선해하더란 얘기다.

상담 준비란 아마도 길을 걷다가 문득 돌아봤을 때 그간 남겨둔 조약돌을 따라 다시 뒤돌아 걸으며, 개중에 지금 꺼내어 쓸 만한 것을 골라 그저 예쁘게 차려내는 작업에 가까워야 된다고 믿는다. 목적지는 같더라도 정해진 길이란 없으니, 저마다 맞는 방법을 찾아서 그저 꾸준히 해나가기만 하면 된다. 단, 얼마 되지도 않는 거리를 너무 자주 뒤돌아보지는 말고.

각자의 시선 그리고 내 눈에만 보이는 풍경

모 축구 선수의 '답답하면 니들이 뛰든가' 라는 말처럼, 어쩌면 마니아들도 원하는 제품을 결국에는 본인이 직접 만들게끔 내몰리게 된다. 기성품의 깊이만으로는 성에 차지 않을 테니까. 어떤 대상에 푹 빠져서 살아가는 만큼 제품을 보는 기준은 갈수록 높아지기 마련이다. 일반적인 상업성보다는 당연히 더 어려운 길일 수밖에 없다. 소수성의 보편화라는 결코 어울리지 않는 두 단어의 결합이기에. 더군다나 이미 한쪽으로 기울어버린 시선이라면, 그 시선은 비록 순탄하지 않은 길임을 알면서도 결국에는 그 길로 가게 되고야 마는 일종의 수동태와 같은 고단한 삶으로 이어진다.

그럼에도 불구하고 자아실현이라는 어려운 길을 추구하게 만드는 건 이렇게 각자의 시선으로부터 비롯되는 법이고, 무언가에 깊이 빠져 있는 사람일수록 제 눈에만 보이는 풍경을 외면하고 살아가기란 쉽지만은 않을 것이다. 나만 아는 즐거움은 종종 죄책감을 안겨주기도 하니까. 이 좋은 걸 나만 알고 나만 누리는 게 아쉽고 미안해서라도. 뭐가 달라도 다른 물건을 만든 이들의 초심은 아마도 이러한 이타심에 의해 비롯된 것이리라. 세상과 사람을 이롭게 하고자 하는 순수한 마음.

설령 같은 풍경을 바라보고도 나만이 포착해 낼 수 있는 나만의 시각을 가져야 하고 또한 그것을 나만의 것으로 그려낼 수 있는 능력도 갖춰져 있어야만 내 손을 거친 나의 작품으로 재탄생시킬 수 있다.

저마다 동경하는 것에 대한 이해와 해석 그 과정의 반복이 곧 창조의 밑거름이니까. 무엇보다 먼저 제대로 된 탐구와 이해를 전제로 한 다음 어떤 도구를 택할 것인가는 마치 우리가 직업을 선택하는 과정과도 닮아 있다. 내가 가장 능숙하게 잘 다룰 수 있는 도구로 나만의 방식으로 표현하고 그려 나가야 하니까. 나만의 그림을 그려 나가는 것이 원단을 업으로 삼고 있는 우리에게는 곧 개발이 아닐까? 인간을 위해 존재하는 소재라는 측면에서 보면 원단만큼 인문학적인 것도 없다. 하루아침에 이뤄지는 쉬운 일이 세상 어디에 있겠냐마는 원단 개발이야말로 꾸준히 했을 때만 그 효과가 나타나는 것이다. 풀어서 말하자면 개발이라는 이름의 투자는 군불을 지피듯 꾸준히 지속해야만 언젠가 그 뚜껑을 열어서 확인이라도 해 볼 수 있다는 뜻이다.

이러한 측면에서라도 오너 혹은 그에 상응하는 결정권을 가진 사람이 진두지휘를 해야만 그 지지부진한 시간을 이겨내고 이윽고 뚜껑이 저절로 흔들릴 때까지 꿋꿋이 견뎌낼 수 있다. 당장 눈앞의 이익을 원한다면 장기적인 개발보다는 되레 소싱을 잘 해주는 쪽이 맞다. 다만 그 소싱이라는 것은 숙제에 해당하고 그걸 받을 수 있는 기회 또한 누구에게나 주어지는 것은 아니다. 꾸준히 개발한 것을 지속적으로 제시하는 사람만이 바이어의 신뢰를 얻을 것이고, 소싱 숙제라는 실은 다분히 제한적인 기회 또한 주어질 테니까. 다만 이 또한 시간 싸움이라 이 싸움을 잘할 사람도 여태 개발을 잘 해온 사람일 가능성이 크다. 온고지신, 세상에 이미 존재하는 제품을 잘 아는 사람만이 새로운 창조 또한 잘할 수밖에. 창조란 꼭 새것만은 아닌 기존에 존재하는 것들 간의 새로운 조합이기도 하니까.

내가 아닌 누군가가 만든 혁신적인 제품을 마주하고 난 다음 그것을 늘어놓고 분석하는 일은 그리 어렵지 않고, 그걸 볼 수 있다고 해서 자신을 너무 기특해할 일도 아니다. 설령 그런 능력이 있다 한들 나와 그를 동급으로 만들어 주는 것도 아니거니와 혁신이 등장하기 이전에는 분석조차 불가했을 테니까. 그러니 움직여야 한다. 벅차고 흐뭇하고 만족스러운 뿌듯한 감정은 언제나 반가운 거지만, 나로 인한 것이라면 훨씬 더 반가울 거니까. 뿌듯함, 정규직 변호사가 되던 그날 아침 우영우가 느꼈던 그 감정의 이름처럼.

정해진 답이란 건 없겠지만, 내게 있어서 개발이란 크게 두 가지 방향으로 나눌 수 있다. 첫째, 개발에 참고할 만한 검증된 제품 이른바 레퍼런스를 시장조사를 통해 발견하고 그것을 좇을 때. 둘째, 뚜렷한 레퍼런스를 가지지는 않았으나 원사를 포함한 각 공정에서 새로운 아이디어를 얻은 경우 그것을 기반으로 과연 무엇을 어디에 접목했을 때 최적의 결과가 나올 것인가를 상상할 때다. 첫째, 레퍼런스를 놓고 개발하는 과정은 익히 아는 바와 같이 주로 분석-제직-염색-후가공 등의 순서를 따르겠지만, 그렇다고 해서 모든 레퍼런스가 제직을 요하는 것은 아니니 의외로 쉽게 답이 나오는 경우도 있다. 다만 부득이하게 제직을 필요로 할 때에도 토씨 하나까지 꼭 동일해야만 할 것인가는 전적으로 개발자의 선택에 달려있다. 우리는 늘 주어진 시간 안에 일을 끝마쳐야 하는 처지이기 때문에. 누가 시키지도 않은 개발을 자의적으로 할 때를 제외하고는.

물론 토씨 하나까지 같다면 더할 나위 없이 좋겠지만, 개발자라고 해서 기한을 전혀 생각하지 않을 수는 없다. 개발 소요시간은 곧 추후의 제품 납기나 다름없으니까. 그런 개발품은 결국 효용성은 없는 그야말로 예술 작품이 되고야 만다. 개발은 어디까지나 팔기 위해 존재하는 것이지, 어워드 출품작을 제출하려는 것은 아니기 때문에.

가령 특수 사종이라 원사 수급 및 경사 BEAMING에서부터 MINIMUM의 문제가 부득이하게 발생하는 경우에도, 단지 토씨 하나를 위해 어떠한 타협도 용납하지 않는 개발은 첫 단추를 잘못 끼운 거나 다름없다. 쓰임을 고려하지 않은 개발을 여전히 개발이라 할 수 있을 만큼 한가한 납기란 존재하지 않기 때문에. 무엇을 위한 개발인지, 본질에 가까운 양산성을 고려하지 않은 제품은 결국 끝에 가서는 납기가 허락하는 다른 제품으로 대체될 것이 뻔하니까.

비단 제작뿐만 아니라 레퍼런스를 따라가다 보면 같은 생지를 갖고서도 다양한 경험들을 하게 해준다. 그 뒤를 따르는 염색, 후가공을 통해서도 충분히 다채로운 결과를 만들어 낼 수 있으니까. 둘째가 바로 여기에 해당한다고 볼 수 있는데, 그 과정에서 부수적으로 얻게 되는 경험과 시행착오들은 당장 눈앞의 레퍼런스를 재현하게 해줄 뿐만 아니라, 전에는 몰랐던 또 다른 조합을 상상할 수 있는 여지를 제공한다. 어제의 나라면 상상하지도 선택하지도 못했을 공정을 경험하게 해주는 점이 레퍼런스 개발의 가장 큰 즐거움이다. 과정 없는 결과란 없고, 과정이 똑같아서는 다른 결과물 또한 기대하기 어려우니까.

새로운 창조라고 해서 꼭 아무것도 없는 무의 상태에서 만들어내는 데에만 너무 집착할 필요는 없다. 각 공정에 있어서 새로운 아이디어란 사실상 현시점에서는 매우 드문 것이 현실이기에. 우리는 지금까지 나와있는 재료로도 요리를 잘만 해왔고, 동시에 신규 재료를 만들기 위한 투자나 새로운 발견이 과연 얼마나 남아있는 걸까 의구심이 드는 것 또한 사실이다. 그럼에도 여전히 가능성은 있다. 같은 재료의 조합이더라도 그 쓰임을 다만 구체적으로 상상하고 기획개발에 임한다면 전과는 다른 결과물을 만들어내는 것도 충분히 가능하다. 어디까지나 사람을 위한 배려라면, 그게 무엇이든 상관은 없다. 가령 피부에 직접 닿는 부분에 쓰이는 원사는 부드러울수록 좋을 것이며, 모기 방충가공이 새로 나왔다면 당연히 여름 옷에 접목해야 하는 것처럼.

이외에도 내가 옷이라는 레퍼런스를 좋아하지 않을 수 없는 결정적 이유는 바이어의 눈이 항상 그를 향해 있기 때문이다. 마땅히 나도 같은 곳을 바라보아야 하고 이왕이면 더 빨리 보고 심지어 그것을 찾기 이전에 내가 먼저 만들고 제시할 수 있다면, 오히려 하지 말아야 할 이유를 찾기가 어렵다. 옷이라는 제품이 되기까지는 당연히 원단이 먼저 있었을 것이고, 비로소 제품이 되기까지의 과정과 이상형 월드컵 등을 통한 경쟁에서도 끝까지 살아남은 원단이라면, 응당 그에 걸맞은 이유 또한 갖고 있을 테니까.

옷으로 보든 원단으로 보든 언제나 소재로써 바라봐야 하는 이유도 바로 여기에 있다. 나부터도 그 쓰임을 특정하지 못하는 애매한 원단이라면, 디자이너 또한 고개를 갸우뚱할 테니까. "원단은 좋은 것도 같은데, 그래서 뭘 만들면 좋을까요?" 이런 질문에 대한 답을 최소한 나는 갖고 있어야 한다. 아울러 개발에 있어서 단순히 시즌별 개수를 목표로 한다거나 해서 무리하게 채워 넣을 필요까지는 없다. 영혼이 담긴 물건은 어떻게든 티가 나게 마련이고 그 반대의 경우 또한 마찬가지일 테니까.

숫자가 정 의식이 된다면 차라리 기존 제품에 트렌드 컬러만 추가하는 쪽이 더 효율적일지도 모른다. 아울러 그 숫자라는 것이 과연 누구를 위한 것이었는지는 자신 말고는 그 누구도 알 길이 없으니, 스스로를 오롯이 들여다볼 필요가 있다. 아울러 늘 컬러 BT를 떠가며 개발하는 것은 너무나 당연하면서도 어쩌면 가장 중요한 일이다. 따로 언급하기가 민망하리만큼. 개발제품일수록 다양한 비커 테스트를 거치는 것은 마땅한 일이니까.

개발이라면 마땅히 어느 정도의 평범 혐오증을 가지고 출발해야 되는 것은 맞지만, 그 쓰임에 있어서만큼은 누구나 쉽게 떠올릴 수 있을 만큼 보편타당한 제품이어야 한다. 고마운 바이어가 원단의 쓰임새까지 헤아리게 해서는 안되니까. 실은 이런 깨달음도 그냥 상상만으로는 얻어지지 않는다. 이미 눈치챘을지 모르겠지만. 민망해서 나 혼자 얼굴 붉힌 그날의 기억이 쉬이 잊히지는 않고, 내가 내 얼굴 붉힌 덕에 얻은 것이라 해서 꼭 나만의 깨달음으로 부여잡고 있을 필요는 없다. 그러니 이걸 읽은 이상 잘 기억했다가 나보다는 나아야 한다는 말이다.

업을 해오면서 늘 나를 괴롭히고 답답하게 만들었던 건, 그 누구도 경험을 구체적인 기록으로 남기거나 나누려는 노력을 하지 않았기에 같은 사고들이 반복되고 있는 건 아닐까 하는 아쉬움이었다. 덕분에 제아무리 비싼 값을 치르고 배운 것일지라도 나만큼은 공짜로 나누려는 마음을 품게 된 건 사실이지만. 적어도 나의 경우에는 시장조사와 레퍼런스 발굴을 통해 효과를 톡톡히 보았고, 다만 그 시장조사에서의 과정만큼은 남들보다 치열했다고 자부한다. 누구나 갈 법한 브랜드 매장에서 흔히 살 법한 제품은 의도적으로라도 피해 가며, 되도록이면 덜 알려진 브랜드만을 고집하며 부러 발품을 팔아왔으니. 특히 해외시장조사의 경우 백화점은 절대 가지 않는다. 도쿄까지 가서 몽클레어 다운 점퍼를 보거나 살 바에야, 그 경비 아껴서 신세계백화점 강남점을 가는 편이 훨씬 나으니까.

아울러 시장조사 또한 최소한 2~3년은 꾸준히 해줘야 그 안에서 흐름이란 걸 읽어낼 수 있고, 소재 사이클이 변화하는 시점 또한 감지할 수 있다. 어떤 브랜드가 먼저 새로운 소재를 사용하고 나서야 뒤늦게 타 브랜드들이 관심을 갖는 방식은 원단을 다루는 우리와도 별반 다르지 않기 때문에, 그 시점을 먼저 읽어내는 것이 무엇보다 중요하다. 그 순간을 포착해 내려면 꾸준한 시장조사로 전체적인 흐름을 먼저 이해할 필요가 있다. 그리고 그 흐름이란 한 가지 복종에만 국한되는 것도 아니고, 누가 먼저 시작했건 간에 2~3년 안에는 전체 복종을 폭넓게 아우르는 경우가 많다. 시간적 금전적 부담이 다소 되더라도, 봄 가을 1년에 두 번만큼은 꼭 해외시장 조사를 다니는 걸 추천한다. 딱 2박 3일만 도쿄에서 부지런히 발품 팔아도, 큰 흐름을 파악하기에는 부족함이 없을 만큼 효율적이니까.

시장조사란 현재의 흐름을 읽어서 미래 시장의 흐름을 예측하기 위함이다. 무작정 발품을 팔기에 앞서 더 중요한 것은 먼저 사용되고 있는 원단부터 잘 아는 것이다. 그렇지 않은 상태에서는 무엇이 새로운 원단이고 흐름이 될 것인지 알 길이 없기 때문에 꾸준한 시장조사를 통한 숙지가 기본이다. 한 시즌 예쁜 옷 좀 사 왔다고 해서 만들어지는 그런 오더는 없다. 잠시 반짝할 수야 있겠지만. 물론 내 눈에 익은 원단을 사용한 즉시 전력감을 살 수도 있겠지만 시장조사의 본질이 미래를 위한 것임을 염두에 둔다면, 새로운 흐름을 먼저 읽어내기 위해 그러한 제품을 먼저 알아볼 수 있는 안목을 가져야 비로소 문익점의 마음으로 들여올 수 있다. 가급적이면 즉각적 효과를 누리겠다는 마음일랑 고이 접어두고 장기적인 관점으로 안목을 기른다는 생각으로 꾸준히 임한다면, 시장조사만큼 끊이지 않는 영감을 받기에 효과적인 방법은 없다. 과거와 현재도 모르면서 미래를 논할 수는 없는 노릇이니까.

영감을 어디에서 얻을 것인가는 전적으로 개인의 선택이지만 당연히 꾸준해야 하고, 거기다 남들과는 다르게 눈에 띄는 결과물을 원한다면 그에 걸맞은 노력을 기울여야 한다. 더군다나 지극히 개인적인 취향과 안목을 기반으로 한 개발의 경우에는 이루 말할 수 없이 큰 기쁨과 성취감을 안겨준다. 섬유는 공정마저 복잡한 재현산업이라 늘 크고 작은 문제에 시달리지만, 그러한 와중에 적어도 개발할 때만큼은 더할 나위 없이 즐겁고 자존감도 많이 회복시켜 준다. 그것만은 내 이야기니까. 그리고 그 노력을 누군가는 반드시 알아줄 것이고 또 그런 당신을 잊지 않고 찾아줄 것이다. 당신의 시선 그리고 당신 눈에만 보이는 풍경을 외면하지 말고 자신을 굳건히 믿고 따라가 보기를. 정작 그렇게 믿고 싶었던 나도 그렇게 해왔듯이.

계절의 변화, 시즌북의 구성

계절의 변화를 느끼고 즐길 수 있다면 삶은 더 이상 무거운 짐이 아니라고 했다. 하지만 소재를 다루는 우리를 포함한 패션계의 입장에서는 아무쪼록 시즌에 어울리는 선택을 돕기 위해 미리 준비를 해야만 한다. 계절의 변화를 눈으로 먼저 느끼고 옷으로 즐길 수 있도록. 그렇다 보니 정작 시즌이 되면, 최소 2 시즌의 일들이 맞물려 있어 정작 계절의 변화를 체감하기는 어려운 것이 업계 종사자들이 처한 현실이다.

절기를 마냥 즐길 수만은 없는 사람들이 모여서 새로운 계절을 맞이할 이들을 위해 준비하는 일, 사람을 위한 배려가 곧 패션이다. 하여 소재를 다루는 우리의 시간은 늘 우리만의 것이 아니다. 미리 준비한 자들이어야 살아남을 가능성이 높고, 이것이 섬유 패션의 본질이자 준비 동작의 미학이다. 눈앞에 닥치고 나서야 일을 숙제처럼 하게 된다면 시간의 추격으로 인해 일을 위한 일을, 심지어 쫓겨서 하게 마련이다. 숙제는 공부의 필요조건이기는 하나 충분조건이라고는 할 수 없다. 따라서 우리는 늘 계절을 재촉하며 서둘러야 한다. 우리의 계절은 그들의 계절보다 빨라야 하니까.

시즌북을 구성할 때 이것만큼은 스스로 꼭 지키려는 두 가지 기준이 있다. 첫째. 두 권을 초과하지는 말 것, 준비하고 만드는 입장에서야 당연히 더 많은 것을 꺼내어 보여주고 싶겠지만 그것은 지극히 이기적인 행위에 지나지 않는다. 일 년에 딱 두 번 정해진 시즌 상담이 있고, 그때마다 디자이너와 상품기획자들은 무수히 많은 업체를 만나며 딱 그만큼의 북도 받게 된다. 이는 곧 그들 또한 일을 위한 일을 할 수밖에 없는 버거운 상황에 놓인다는 뜻이다. 그 와중에 나를 위해 내어주는 짧고 귀한 시간이라면 당연히 선택과 집중이 답이다. 나의 선택 장애는 곧 고객의 선택 장애로 이어지므로. 스스로 정제하여 최대한 덜어낸 것일수록 좋을 수밖에 없다.

물론 내게는 모든 상품이 내 자식과도 같다지만 과연 쪼개고 쪼갠 시간을 내어준 입장에서도 그럴까? 시즌북의 목표는 내 욕심을 부리는 게 아니라, 다만 그들의 시간을 아껴주는 것이 목표여야만 한다. 그저 내 욕심을 채우고자 스스로 선택을 꾸준히 회피한 덕분에 고객에게 전가한 선택 장애라면, 그들 또한 어떠한 선택을 하기보다는 선택 그 자체를 포기하거나 혹은 유보하도록 만들고 말 테니까.

늘 더 많은 걸 원하는 게 인간이라지만, 선택지만 많아지길 원하는 것은 아니다. 성공한 단품 요리 식당에는 유추해 볼 만한 그럴싸한 이유가 있다. 당일 재료 소진. 늘 같은 메뉴를 신선한 재료로만 만들어 대니까. 둘째는 어디까지나 차갑고 냉정하게 이상형 월드컵을 자체 진행할 것, 무언가를 추려내고 정제해 낸다는 것은 그만큼의 두터운 선수층을 갖고 있어야 한다는 거다. 영국이나 브라질처럼. 시즌 상담 일은 매년 분명 예측 가능한 시기 안에 들어올 수밖에는 없고, 상담 일을 정할 때는 길어야 2~3주 전이니 그땐 이미 늦었다. 이는 곧 또다시 일을 위한 일을 할 수밖에 없는 상황을 뜻하기 때문에 평소에 최소한 머리로라도 구상은 해 두어야 카테고리별 후보도 간추릴 수 있고, 시즌에 꼭 필요한 알맞은 신규 제품 또한 제때 제안이 가능하다. 제철 음식이 비싸지만 그럼에도 사 먹는 데는 그만한 이유가 있다. 옷도 원단도 마땅히 그래야 한다. 옷이 없어서 사는 게 아니라 넘쳐나는 세상에서도 꼭 이걸 사 입어야 될 만큼.

정제를 거듭한 제품으로 단 두 권의 시즌북을 구성할 때에도 그 순서를 간과해서는 안 된다. 마치 가수가 새 앨범을 낼 때 트랙리스트를 정하듯. 크게 두 가지 방법이 있는데, 첫째로 내가 주로 사용하는 방법은 곧 이상형 월드컵과도 연계된다. 이들을 제작한 나만의 기준으로 제품을 카테고리별로 우선 나눈 다음, 이상형 월드컵을 거쳐 각 카테고리 안에서 탈락한 제품들은 걸러낸다. 이 과정을 거치고 나면 자연스럽게 카테고리별 한두 가지의 키워드만 남게 마련이다. 예를 들자면 신축성이 있는 것과 없는 것, 원단 표면이 매끈한 것과 그렇지 않은 것 등의 심미적 기능적 잣대로 한 권의 분량으로 모아서 각각 분류한 다음, 각 한 권 안에서의 트랙리스트 순서를 정하기만 하면 그만이다.

둘째 방법은 가끔 이렇게 요청해 오는 브랜드들이 있는데, 신규 개발 제품만 앞에 넣고 기존 아이템들은 뒤쪽에 배치해 달라고 한다. 시간을 아끼고 싶다는, 행간에 숨겨둔 강력한 의지가 엿보인다. 내 경우에는 이런 요청을 받는다 하더라도 내 나름의 제품 카테고리가 있기 때문에, 다만 그 안에서 제일 앞으로 몰아줄 수밖에는 없어서 선호하지 않는 방법이다. 아울러 눈에 익은 아름다움이 아닌 그저 모름다움만을 원한다는 뜻이기도 해서 다소 무례한 요청이기도 하다. 이를 차치하더라도 개발자 입장에서는 꼭 신규 아이템이 아니더라도 이미 검증된 상품들이 존재하고, 클래식이 고전하지 않고 변함없이 살아남은 이유도 여전히 그만한 사랑을 받을 만한 것이기에 쉽게 포기할 수는 없다.

한결같이 사랑받는 것들은 다 그만한 이유를 갖고 있다.

새것은 물론 새것이라 좋겠지만, 새것이라 해서 늘 옛것을 이길 수 있는 건 아니니까. 이미 잘 알고 있거나 눈에 익은 제품들은 그저 현업에서 내가 보아온 제품에 불과하다. 말인즉슨 그 외의 제품들은 모두 신상이 될 가능성을 지니고 있다는 뜻이다. 나에게도 고객에게도. 꼭 새것이라야 신상이 아니라 창고 한편 저 구석에서 잊힌 제품이 비록 그때는 틀렸더라도 지금은 맞을 수도 있다는 얘기다.

이러한 생각은 대구에서 생지를 판매하던, 현업에 몸담은 초기에도 마찬가지였다. 내게 필요한 제품은 고객을 잘 아는 내가 가장 잘 고를 수 있을 테니까. 제아무리 새것이라 한들 필요한 시기에 정작 사용할 제품에 맞지 않는다면, 새것이기는 하나 고작해야 그게 전부일 테니. 고객이 원하는 제품의 전제는 무작정 새것만이 아닌 사용할 시즌에 알맞게 적용할 수 있는 제품이다. 그렇다면 고객이 원하는 새 제품의 정의란 아마도 앞서 말한 전제에 더해서 심지어 새것이기까지도 한 그러한 제품을 원하고 말한 것이다. 행간에 숨은 이런 기본적인 뜻을 설령 따로 언급하지 않았다고 해서 간과하지는 말고, 어디까지나 고객의 눈으로 제품을 바라본다면, 새것에 대한 범주는 스스로 만들어 나갈 수 있는 자주적인 영역으로 무한 확장된다.

시장 상황은 지금도 얼어 있고, 내일도 여전히 꽁꽁 얼어 있을 것이다. 상황은 이러한데, 나조차도 이해하려 들지 않는 내 고객의 요구에 발 벗고 나서서 끊임없이 새것을 공급해 줄 누군가는 없다. 내가 뭐가 미덥다고 본인의 시간과 노력 때로는 비용까지 들여가며 돕겠는가. 믿고 기댈 만한 건 언제나 발품뿐이다. 스스로 팔아가며 눈으로 고르고 손으로 직접 느껴가며. 내 고객을 가장 잘 아는 건 마땅히 나여야 하니까. 그러다 보면 그토록 찾아 헤맨 부진의 진짜 이유를 만날 수 있을지 모른다. 모르긴 몰라도 신상이 없어서가 다는 아니었을 거고, 그걸 뺀 나머지가 진짜일 거다. 그렇다고 왜 이제 왔냐며 너무 노여워하지만 말고 지금이라도 잘 왔노라며 반겨도 주길.

심미안이라는 이름의 배려
- 고객이 당연히 알아야 될 것이란 없다

개발은 곧 양산을 위함이라 기록을 꼼꼼히 남기려는 편이지만, 이는 어디까지나 가이드에 불과할 뿐 결국엔 손과 눈으로 다시 맞춰나가는 게 이른바 재현산업에 있어서의 생산 과정이다. 무엇보다 중요한 것은 도화지의 상태 즉, W/R 원단의 상태다. 동일한 원단임에도 컬러에 따라 촉감이 서로 다른 것은 원단을 아는 우리에게는 그럴 수도 있는, 충분히 예측 가능한 일이다. 하지만 바이어에게는 결코 당연하다 할 수 없는, 영 마뜩지 않은 일이다. 더 큰 문제는 W/R 상태에서부터 터치가 다를 경우, 제아무리 기록된 가이드를 따른다고 한들 개발 원본과는 점점 더 멀어져만 가는 괴리감에서 비롯된다.

섬유는 결과물을 재현하는 일이지 과정을 재현하는 일이 아니다. 과정을 똑같이 재현한 것만으로는 박수받기 어려운 사뭇 까다로운 일이다. 더군다나 그걸 고스란히 고객에게 통보하는 것은 동떨어진 결과물에 대한 책임 전가에 지나지 않는다.

배려란 마땅히 더 아는 쪽에서 모르는 쪽의 마음을
헤아려 선행하는 게 자연스러운 이치니까.

그것이 감사하게도 다름 아닌 나에게 일을 준 고객에 대한 최소한의 예의다. 내가 먼저 헤아린 고운 마음이라야 내 고객 또한 최종 소비자를 살피는 마음으로 다시 이어져 선순환으로 이어질 것이다. 똑같은 원단이란 세상에 존재하지 않는다지만, 마땅히 다른 원단도 없다.

배려를 받으려거든 으레 먼저 하는 것이 아무래도 자연스러운 순서다. 우리 중 어느 누구도 바쁘지 않은 사람은 없는 데다 저마다 갈 길이 멀다. 아무쪼록 더 아는 쪽에서 먼저 베푸는 게 고마운 고객에 대한 기본 예의이자 무엇보다 지식과 경험의 불균형에서 오는 불필요한 오해를 막아줄 수 있다. 서로가 바라보는 관점의 차이도 결국 저마다 아는 한도 내에서의 지식과 이해를 전제로 하게 마련이다. 복잡한 문제를 쉽고 명확하게 설명할 수 있는 친절은 어디까지나 더 아는 쪽에서만 베풀 수 있는 아량이고, 제아무리 복잡한 문제일지라도 쉽고 위트 있게 설명할 수 있어야 진정 프로다.

우리는 더러 그보다 단순한 일조차도 복잡하게 꼬아가며 어물쩍 넘겨버리는 듯한 알량한 마음마저 목도하곤 한다. 결국 더 아는 자의 이러한 친절과 배려가 없다면 서로 이해할 수 없는 오해의 벽만 더 높이 쌓고야 말 것이다. 때로는 아는 놈이 더 무서운 법이고, 그 고약한 벽이란 놈은 나와 고객을 가리지 않고 어디서든 막아서기 때문에 마땅히 어려운 일을 쉽게 설명하는 것까지가 프로다운 일의 범주 안에 속한다.

하필이면 이렇게 예민하고 까다로운 원단을 업으로 삼고 소재를 다루는 프로인 우리가 비록 리포트상 기재되지 않을지라도 놓치지 말아야 할 배려가 있다. 앞서 말한 촉감과 더불어 컬러와 광택에 이르는, 이른바 심미안에 해당하는 섬세한 부분들이 그것이다. 물성에 관한 이화학이나 외관에 대한 검사에는 비록 담기지 않지만, 리포트는 어디까지나 거들 뿐 원단의 본질은 언제나 심미안의 영역에 가까운 예술이다.

벌어먹고 사는 일에 갑자기 웬 예술을 들먹이냐 한다면, 이것이야말로 고객과의 약속 그 자체이기 때문이다. 업에 대한 존중과도 다름없다. 리포트란 결국 일을 위한 최소한의 일에 불과하다. 업을 업답게 해주고, 결과물 그 자체로서의 격차 또한 보여줄 수 있는 아름다운 배려이자 기회가 심미안의 영역이다. 안 하면 티가 나서 할 수밖에 없는 그런 일은 차라리 일을 위한 일에 가깝고, 누가 시키지도 않는 일이야말로 내 영혼을 담을 수 있는 그릇이 되어준다.

섬유 패션업만큼 성수기 비수기가 명확한 일이 또 있을

까? 우리는 이른바 시즌이라 일컫는 새로운 계절을 위해 일할 때 동시에 다 같이 하기 때문에, 성수기란 그야말로 치열하고 숨 가쁜 상황들의 연속이다. 한정된 공장에서 저마다의 몫을 제한된 시간 안에 해내야 되기 때문이다. 뻔히 정해져 있는 성수기에 늘 비슷한 일을 하면서도 상황이 이렇다 보니, 분명히 보았지만 잠깐 고개만 돌리면 당장은 넘어갈 수 있겠다 싶은 유혹도 어김없이 찾아오게 마련이다. 그에 대한 대가를 누가 치르게 될지는 예측할 수 없다. 이윽고 표면적으로 드러나서 클레임이 되든, 기획자의 성에 차지 않는 수준의 옷을 고객이 입게 되든, 더 나아가서 판매 저조로 이어진 나머지 내년 기획에서는 제외가 되든. 당장은 그 누구도 알 수 없고 속단할 수도 없겠지만 잠시 눈 감고 침묵하는 동안의 나비효과는 언젠가는 반드시 돌아온다.

이를테면 광택을 목적으로 하지 않은 원단들은 필히 역광을 유의해야 한다. 앞서 밝힌 대로 서로가 가진 지식과 경험이 비등비등하다면야 아무 상관 없겠지만, 어디까지나 재현을 하는 우리로서는 이해라는 배려를 구해야 되는 경우가 본의 아니게 잦다. 블랙이나 네이비와 같은 진한 색의 경우, 별도로 요청하지 않더라도 역광을 경계하는 마음이 곧 바이어가 원하는 배려일 테니 청하기에 앞서 먼저 신경 쓴다. 선 CIRE를 기반으로 하는 아이템들은 특히나 표면으로 차고 올라오는 역광을 경계하고 유의해야만 한다. 경험상 광택은 언제나 양 극단에 서 있다. 존재하거나 존재하지 않거나 둘 중 하나만.

　컬러로 고객을 만족시키는 일이야말로 광택 관리보다 훨씬 더 많은 노력과 지식을 요한다. 우리가 심색성이라고 부르는 컬러의 농도와 느낌은 빛에 지대한 영향을 받는다. 염색 과정만이 관건이 아니라 뒤따르는 후가공에 이르기까지의 과정 모두를 아울러야 한다. 앞서 광택 얘기를 먼저 꺼낸 이유도 이와 깊은 연관이 있다. 심색성이 높은 원단으로 만들 수 있는 광택과 그보다 덜DULL한 원단으로 만들 수 있는 광택이 다른 데는, 이 또한 전적으로 원사의 물성과 관련이 있기 때문이다.

　백사장의 모래에 빗대어 보자면, 고울수록 입자는 작아서 빛을 반사할 수 있는 표면적도 그만큼 작은 덕분에 광택을 잃은 대신, 염료를 흡수할 수 있는 여지 또한 여전히 작아서 색을 아무리 입힌다 한들 육안상 진해 보이기는 어려울 것이다. 반대로 큰 모래일수록 빛 반사면이 커서 광택은 존재하는 대신에, 입자가 큰 만큼 색을 입힐 경우 컬러는 더욱 진해 보일 것이다. 색을 얼마나 머금을 수 있는가는 결국 입자의 크기가 관건이다. 크면 클수록 많이 머금을 수 있는 반면, 작으면 작을수록 그 양의 한계가 있기 때문에 그 이상의 양은 차마 머금고 있지 못하고 내뱉는 나머지 이른바 견뢰도가 나빠지는 것이다. 소재가 가볍다고 해서 생산의 무게 또한 가벼운 것은 아니다. 이러한 이해에 기반을 두고 나서야, 흔히 세데니어라고 일컫는 저데니어와 분할사 등이 견뢰도라는 물성과 심색성이라는 감성을 위해 존재하는 것이 아님을 스스로도 이해할 수 있고, 나아가 누군가를 이해시킬 수도 있다.

　마지막 촉감이야말로 서로가 바라보는 간극이 어쩌면 가장 클지도 모르는 까다롭고 섬세한 영역이라 하겠다. 서두에 밝힌 바와 같이 W/R 터치 즉 도화지의 상태로 시작해서 그림을 그려나가는 후가공에 이르기까지, 공정이 많을수록 경험치와 상상력을 전 과정에 쏟아부어야만 마침내 재현다운 재현이 가능하다. 손이 가진 섬세한 감각도 물론 중요하겠지만 그보다 더 중요한 것은 무엇보다 자신에게 쉬이 현혹되지 않는 곧은 절개라 하겠다. 유혹이라는 이름의 불청객은 때 되면 어김없이 우리를 찾아오곤 하니까.

　내가 느끼기에는 분명히 다른데 이걸 비슷하다 하면 그땐 더 이상 나아갈 방법이 없다. 손맛이라는 느낌은 지극히도 개인적인 심미적 영역이기에. 이 정도면 됐다며 저마다 안도하기까지는 어느 한쪽도 객관적이라 할 수 없는 개인적인 잣대와 소망을 전제로 한다. 고통스러웠던 그날에 비춰보자면 디자이너와 바이어의 손맛은 대체로 더 예민한 편이었다. 슬프지만 이 또한 일이라는 거다. 내겐 너무 무거운 생산이란 이름의 그녀도. 일이 쉽지 않은 것은 마땅하겠으나 일이 슬픈 것은 정말이지 슬픈 일이지만서도. 결국 소재를 다룬다는 것은 어떤 필요라는 물음에 어떤 소재로 답을 하느냐의 문제다. 어디까지나 아는 만큼만 선택 또한 알맞게 할 수 있을 테니. 디자이너가 그리는 그림을 구현함에 앞서, 무엇보다 먼저 요구하는 바를 명확히 이해하고 그에 맞는 현실적인 가이드는 마땅히 소재를 아는 우리가 제시해야만 한다. 누구나 흔히 알 법한 수많은 안 되는 이유들은 이제는 식상하기 그지없으니 잊어버리고, 와중에도 가능할 법한 상상만 골라 해가며. 수채화를 그리고 있는지 진한 유화를 그리고 있는지를 먼저 이해하고 아무쪼록 섬세하게. 고객이 원하는 걸 주는 게 업이니까.

　"컬러가 이렇게 나왔다."라는 수동태의 문장 안에는 주어만 없는 것이 아니라, 마땅히 가져야 할 프로의 자부심 또한 보이지 않는다. 생산과 재현의 어려움을 모른다 할 수도, 그렇다고 다 안다고 할 수는 더더욱 없겠지만, 동시에 고객의 마음 또한 마냥 모른다 할 수는 없다. 그러니 어쩌겠는가, 우리의 일이 끝이 아닌 과정인 것을. 염색에서 갓 나온 원단 컬러처럼 다만 아직 끝난 게 아닌 것을.

풍, 저마다의 양식 그리고 제품의 기준

이른바 중간은 가야 된다고 믿는 국민성은 한국인이 가진 빛과 그림자라 하겠다. 모난 돌이 정 맞는다고 일단 튀지는 않으려는 성향은 서구에서보다 동양문화권에서 두드러지는데, 그중에서도 대한민국만큼 전 국민이 대유행에 기꺼이 동참하는 나라도 사실상 없을 것이다. 가까운 일본에만 가더라도 한국인들끼리만 서로를 알아보는 것이 아니라, 같은 동양인인 일본인들조차 숱한 관광객들 개중에 한국인을 가려낼 수 있을 정도다. 다만 튀지는 않는 반면에, 매우 보편적인 특성 아닌 특성을 일관성 있게 지닌 덕분에. 취향의 부재로 인해 잃어버린 저마다의 색채가 정작 그들의 눈에는 특색으로 비춰지는, 마냥 웃을 수만은 없는 아이러니하면서도 웃픈 일이다.

이제는 비록 장인의 문화를 한국에서 더 이상 찾아보기 어렵지만 최소한 마트에서 흔히 볼 수 있는 80점 이상의 수준은 누구나 어렵지 않게 구현해 낼 만큼 한국 사람들이 다들 똑똑해서가 아닌가 싶기도 하다. 튀기 싫어서든 남들 눈에 뒤처져 보이기 싫어서든 목적은 서로 다르더라도, 한국인만의 보편성은 늘 존재해 왔고 대부분은 또 그걸 남들에게 잘 구현해 보인다. 이를테면 래시가드, 벤치 다운과 같이 전 국민이 세대마저 아우를 만큼의 광풍이 이는 것처럼. 래시가드를 사 입는데 딱히 이유가 필요한 건 아니다. 그저 다들 그렇게 입으니까. 반면에 그 사람만이 가진 고유한 분위기나 멋이 '풍'이다. 일반적인 것과는 다소 거리가 있는 저마다의 스타일. 이는 곧 취향이나 다름없어서, 저만의 것을 먼저 가져야지만 저만의 양식으로 표현도 할 수 있을 거란 얘기다.

천 리 길도 한 걸음이 먼저라 했으니, 언제나 기본이 먼저다. 어디까지나 기본부터 잘 하고 나서야, 저만의 이야기도 할 수 있을 테니까. 허나 말이 쉬워 기본이지 누군가는 이 두 음절을 겨우 지켜내느라 일생을 쏟기도 하고, 하물며 가쓰오부시 하나 잘 만들고자 일본의 장인들은 대를 거쳐가며 완벽에 가까운 그런 물건을 만드는 데 생을 연이어 바치기도 한다. 저 혼자만의 생으로는 도무지 이를 수 없어서.

소재를 다룬다면 누구나 다 이러한 기분 좋은 꿈을 꿀 것이다. 직접 개발한 소재가 옷이 되어 심지어 잘 팔리기까지 하는. 어디까지나 기본을 기반으로 하는 자아실현의 꿈. 그런 꿈을 꾸고 실현하기 위해서는 반드시 학습능력을 필요로 한다. 나머지 공부에 귀한 시간을 뺏기기보다는 아무 쪼록 돈을 받는 일과시간에. 우리의 일과는 언제나 원단을 재현하고 다루는 무수한 과정으로 채워져 있으니까.

생지에서부터 염색, 후가공을 거친 완성품에 이르기까지, 최대한 근사치에 가까운 재현을 해내기까지의 수많은 공정들 그 안에서 설령 서로 다른 변수를 겪는다 할지라도 결국 완성품의 상태가 비슷하다면 그게 바로 재현다운 재현이다. 그저 과정을 재현한다고 해서 재현이 될 것 같았으면 애초에 섬유는 재현산업이 아니었을 테다. 그러기 위해서는 무엇보다 원단을 많이 아는 것이 먼저다. 샘플 소싱이든 직접 개발이든 최소한 원단 스와치를 받았을 때 세상에 이미 존재하는 소재인지 아닌지, 어디에 가야 있을 만한 원단인지 가늠할 수 있을 만큼. 아무쪼록 많은 걸 보고 접하며 살아야 한다. 같은 원단을 보더라도 어떻게든 내 것으로 만들겠다는 자세로 보아야 비로소 내 것이 되어 필요할 때 꺼내 쓸 수도 있다. 요즘 따라 내 거인 듯 내 거 아닌 내 거 같은 소재가 되어서는 안 된다. 우리는 어디까지나 소재를 아는 프로로서 업을 하는 것이지, 썸을 타는 건 아니니까.

소재에 눈을 뜨고 감을 익히는 데에는 애석하게도 딱히 왕도가 없다. 우선 매장에 걸려있는 제품을 살뜰히 잘 챙겨 보아야 한다. 우리가 납품하는 원단이 궁극적으로 옷이라는 완성품이 되는 거라면, 그만한 교보재도 없다. 되레 보지 말아야 할 이유를 찾기가 더 어렵다. 소재의 존재 이유나 다름

없는 옷을 많이 접해봐야, 이 원단이 옷으로 만들어질 만한 이른바 "제품"인지 아닌지 스스로 가늠해 볼 안목이 생긴다. 나는 이렇게 "제품"이라는 단어를 주로 옷이 될 만한 소재에만 사용한다. 제품의 기준을 그냥 좋은 원단이 아니라 언제고 옷이 될 법한, 동시에 특정한 복종이 함께 떠오르는가에 중점을 두고 있다. 고객이 소재를 처음 접했을 때 주저하며 생각에 잠기게 하기보다, 접하는 그 순간 적용할 복종과 디자인이 연쇄적으로 떠오를 만한 그런 즉시 전력감을 기획하고 제공하는 것이 마땅한 소재의 도리니까.

어디에 써야 될지 잘은 모르겠지만 일단은 좋아 보이는 그런 원단이 아니라, 좋은 원단에 친절을 더하는 게 기획이다. 그러려면 내가 가진 재료가 우선 머릿속에 많아야 한다. 유형이든 무형이든 가릴 것 없이. 이 원단은 어디에 가면 생지가 있을 것이며, 어디에 가서 어떤 염색과 후가공을 해야 재현해 낼 수 있을지, 부지불식간에 머릿속으로 그려낼 수 있는 통찰력을 기르려면, 역시나 일과시간에 주어진 업무를 하며 스스로 배우는 학습능력밖에는 없다. 언제 어디서 어떻게 꺼내 쓰게 될지 당장은 알 수 없지만, 일과 중에 우리가 접하는 그 많은 소재들을 다만 내 것으로 만들 수 있는 그런 학습능력. 그래야 비로소 내 것으로 남아 필요할 때 꺼내어 쓸 수도 있을 거니까.

서로 다른 생지를 서로 다른 염색공장에서 염색한 다음 서로 다른 후가공을 진행하고 경험한다면, 그 과정을 어떻게든 학습으로 삼아 내 것으로 남게 해야 한다. 아니 남겨야만 한다. 단지 납품만을 위한 고통스러운 과정이 아니라.

지극정성으로 대해야 기본을 만들 토대가 생기고, 그 토양 위에 비로소 저마다의 취향도 입혀볼 수 있을 테니까.

아무쪼록 평소에 발품 팔아가며 샘플북도 많이 접해가며, 눈으로 손으로 그저 익혀두는 게 가장 기본적인 준비 동작이라 하겠다. 그런 다음에 매장에 들르면 비단 옷을 보더라도 단지 옷으로만 보이지는 않을 것이다. 제품 수준의 원단을 접할 때도 마찬가지다. 설령 그게 옷이든 옷이 아니든, 이제는 무엇을 보더라도 다 옷으로 보일 것이다. 소재를 다루는 사람이라면 그렇게 뭐든 다 으레 옷으로 보아야 한다.

그곳이야말로 궁극적으로 소재가 추구해야 할 지향점이자 고객이 서 있는 목적지다. 늘 고객 곁에 서서 내 삶이 곧 준비 동작이 되어야 한다. 꼼짝달싹하지 않는 내게 기꺼이 다가와 줄 관대한 고객이란 없으니까. 객을 헤아릴 수 없다면 그것은 단지 선택의 문제이지 능력 밖은 아닐 것이다. 그들이 원하는 걸 차마 모른다고 할 수는 없다. 업을 업답게 하는 것은 다만 마음가짐이 전부다.

나는 매우 매니악한 인간이다. 스스로를 평범 혐오증이라 떠들고 다닐 만큼. 취향이 너무 뚜렷한 나머지 영업조차 쉽사리 먹히지 않는 까탈스러운 인간. 내가 좋은 건 누가 뭐라건 상관없이 나를 막아서기 어렵고, 내 성에 차는 것부터가 우선 쉬운 일은 아니라서, 물건 하나를 사는 데도 꽤나 애를 먹는 편이다. 설령 그렇다 해도 무릇 뭔가를 만드는 사람이라면 너무 무색무취기만 해서는 안 된다고 믿는다. 그만큼 별다른 매력이랄 게 없을지도 모르니까. 그러니 이따금 흔들릴 때도 아무쪼록 본인과 본인의 취향을 믿고 그저 가보는 방법뿐이다. 고민하는 나 말고는 세상에 달리 믿고 기댈 만한 데가 없으니까.

사람을 위한 기술

기술에 영혼이 깃들 때 우리는 비로소 예술혼이라 일컫는다. 아울러 그렇게 영혼이 깃든 물건을 만드는 사람을 우리는 장인이라 부른다. 사물을 자유자재로 잘 다룰 수 있는 방법이나 능력이 곧 기술의 사전적 의미이고, 그 기술이 향하는 대상은 주로 사람이다. 기술이라고 해서 꼭 거창하거나 되게 특별할 것도 없다. 우리가 다루고 있는 소재야말로 일상을 위한 기술이라 할 수 있다. 제아무리 뻔뻔한 사람일지라도 아담과 이브가 아니고서야 입지 않고서는 외출하기 어려우니까.

이처럼 지금은 아무리 보잘것없어 보이는 기술이라 할지라도 처음 그 당시에는 어마어마한 반향을 일으킨 것이 대부분일 것이다. 이렇듯 지금의 혁신은 다음 세대에서는 익숙함으로 남아 본래의 쓰임을 다하게 된다. 그럼에도 지금에 이르러서는 기술이라는 말, 기술자라는 말이 늘 좋은 뉘앙스를 풍기는 것만은 아니다. 그 이유는 과연 무엇일까?

　예술가로서의 생명은 기술이 쇠했을 때가 아니라
　더 이상은 하고 싶은 말이 남아있지 않을 때 끝이
　난다.

　무엇보다 앞서 할 말이 먼저 있어야 하고, 기술은 단지 그것을 자유자재로 표현하는 도구로써만 존재할 따름이다. 문밖을 나선 뒤에야 불은 끄고 나왔는지 기억이 날 듯 말 듯 답답한 경험은 누구에게나 있다. 이처럼 너무나 일상적이어서 몸에 배어있는 행동은 비록 직접 행했을지라도 그걸 스스로 인지하기란 어렵다. 기술을 익힌다는 것은 이처럼 반복적인 작업을 통해 내 몸에 입력하는 과정일지도 모른다. 내가 인지하지 못하는 사이에도 행할 수 있을 만큼. 반면에 장인이 혼을 새겨 넣는 작업이라면 무지성에 가깝지는 않을 것이다.

　그렇다고 해서 지금 이런 시대에 우리 모두가 장인이 되자는 얘기를 하려는 것은 아니다. 소재가 진정 사람을 위하는 기술이라면, 다름 아닌 내 눈앞에 있는 고객의 마음 정도는 보듬어줄 수 있어야 궁극적으로 그것을 입는 사람을 향하는 기술이 될 거라는 얘기다. 기술은 있어도 고객을 위한 마음은 없다면, 그 기술이란 애초에 사람을 향한 것이 아니기 때문에 그저 나의 안위만을 위한 것일지도 모른다. 더군다나 어느 하나 나 홀로 끝낼 수 없는 섬유라는 긴 공정 안에서는 말이다. 큰 태풍이 지날 때마다 그 피해를 두고 그것이 과연 자연재해인지 인재인지를 다투는 것처럼, 섬유라는 재현산업에 있어서도 사고란 언제 어느 공정에서든 충분히 일어날 수 있는 일이라지만 마찬가지로 과연 예기치 못한 사고가 맞는 것인지는 작업 담당자 외에는 알 길이 없다. 내가 먼저 사람을 위하고 또 그것을 알아본 고객들의 소비로 이어져서 그들이 다시 나를 찾고, 서로가 서로를 위하는 아름다운 선순환에 이르는 길, 이른바 사람이 사람을 위하는 자연스러운 일이 이토록 어려운 이유는 다름 아닌 자신에게 있을지도 모른다.

컬러가 이렇게 나왔고, 터치가 이렇게 나왔고, 어디서 이런 저런 얘기가 나왔고, 이 모든 표현은 자신을 찾아보기 어렵다는 공통점이 있다. 현실을 직시하고 그 모순에 대한 답을 찾기 위해서는 내가 먼저 그 주체가 되어야 함에도 무엇이 자신이 없어서, 정작 누구도 자신이라는 주체가 없는 모호한 표현만을 골라 쓴다. 그 사람의 말이 곧 그 사람의 삶을 결정짓는다고 했다. 어쩌면 허망하게도 주체를 반영하지 않은 어휘와 표현들이 현실 직시를 가로막는 가장 큰 벽일지도 모른다. 자신 없는 표현, 그 안에는 정작 있어야 될 자신이 없으니까. 문제에 대한 인식도 그에 대한 해답도, 다만 그 뒤를 따를 뿐이다.

예술혼은 지식을 기반으로 할 때 빛난다

인상 깊게 읽은 책일수록 영화화된다는 소식을 듣고 마냥 반가워하기만은 어렵다. 잠깐 반갑다가도 이내 우려가 뒤섞이고 말 테니. 본디 인간의 상상력이란 한계도 틀이라는 것도 없어서 같은 풍경을 보고도 저마다 그리는 바가 다르다는 걸 우리는 잘 알기 때문이다. 글이 영상으로 입체화될 때는 먼저 감독의 해석과 의도대로 제시하고자 하는 바를 담으려 할 것이고 원하든 원하지 않든 우리는 그 안에 갇히게 될 소지가 크다. 열린 결말이 아니고서야.

이처럼 손으로 잡을 수도 없는 추상적 이미지를 바탕으로 현실화해 나가는 과정은 애초에 작가가 의도한 바를 온전히 담아내기에는 어려운 도전일 수밖에 없다. 더군다나 널리 읽힌 책이라야 영화화되는 기회 또한 주어지는 것인데, 활자로 받은 감동을 스크린으로 온전히 이어가기란 제아무리 거장이라 한들 가볍지만은 않은 일일 것이다.

내 경우엔 '해리 포터'가 그랬다. 물론 영화가 별로였다는 것은 아니나 읽으며 상상하던 것과는 그저 조금 달랐다는 얘기다. 책으로 읽고 나서 영화를 볼 때엔 먼저 상상했던 것과는 다른 낯설음으로 어쩐지 마냥 즐기기만은 어렵고, 영화로 먼저 접한 다음 책을 읽게 된다면 이미 목격한 이미지에 갇힌 나머지 온전히 상상하고 즐기기 어렵기는 마찬가지다. 이처럼 구체화는 인간 저마다의 상상화를 여간해서는 뛰어넘기가 어렵다. 작가에게 익숙한 도구인 글로 표현한 책을 기반으로 영화감독 또한 자신에게 익숙한 영화로 나름의 그림을 그린다는 것은 단지 매개체가 달라지는 수준을 뛰어넘는다. 오랜만에 통화한 친구의 나름대로 잘 살고 있다는 얘기에 어떤 답을 해야 할지 잠시나마 주저해 본 경험이 누구에게나 있는 것처럼.

이처럼 나름대로란 온전히 안심하기에는 어딘가 개운하지 않은 표현임에도 우리는 나름대로 열심히 살아간다. 그려 나가는 주체인 본인 나름의 일차적인 해석과 그것을 그려내는 이차적 역량에 따라 다른 그림이 되는 것은 따지고 보면 당연한 일이다. 같은 하늘을 바라보면서도 저마다 느끼는 감정과 생각이 서로 다르지 않았다면, 애초에 예술이란 존재하지도 않았을 거니까.

소재를 다룬다는 것은 그림과 나누는 대화다.

디자이너는 그림으로 질문을 하고 우리는 소재를 통해 답을 건네는. 그들이 그리고자 희망하는 바를 현실에 구현할 수 있게끔 알맞은 소재로 색을 입혀가는 과정이다. 시작은 추상화였다가 갈수록 구체적이고 세밀한 표현이 들어가면서, 이내 정밀화에 가까운 답을 해나가는 과정이다. 그것을 소재로 재현함에 있어서 그저 보기에 아름답기만 해서도 안 되고, 옷의 본질인 몸을 보호하는 본연의 역할에도 부족함이 있어서는 안 된다. 나머지 기능성은 덤이겠지만 여전히 놓쳐서는 안 된다.

물론 그림에 얼마만큼의 소재에 대한 이해와 배려가 들어가 있느냐에 따라, 구현해 나감에 있어서 서로 수월해지게 마련이지만. 그럼에도 어지간한 그림은 다 그려낸다. 필요에 따라 약간의 절충을 하는 과정이 불가피할 수는 있을지언정. 안 되는 이유를 대기보다는 되는 이유를 찾아 나서는 게 소재를 알고 다루는 사람의 역할이니까.

소재란 지식 기반의 예술이자 예술 기반의 지식이다. 소재를 다룬다고 해서 예술을 너무 몰라서도 안 되고, 예술을 한다고 해서 소재를 너무 몰라서도 안 된다는 얘기다. 예술혼은 지식을 기반으로 할 때 비로소 빛이 나는 법이니까. 다만 서로 나만큼은 모른다고 해서, 마냥 탓할 수는 없는 노릇이다. 비록 서로만큼은 모르더라도 이해해 보려 노력하는 정도만 보여도 서로 고마운 거니까. 어쨌든 너 나 할 것 없이 나부터 잘 아는 것이 먼저다. 내가 지금 아는 건 결코 전부가 아니며, 궁금하지 않은 자에게 허락되는 배움이란 없으니까. 어디까지나 궁금해하는 나로 살아야 그림도 의도한 대로 그릴 수 있고, 소재도 의도한 대로 구현해 줄 수 있는 거니까.

우리의 주적은 단지 그놈의 시간일 뿐이다. 시간만 충분히 허락된다면 디자이너가 못 그릴 그림이 없고, 우리가 못 만들 소재나 컬러도 없을 테니까. 밑그림이 없는 소재도 없고, 소재가 없는 그림도 없다. 우리가 사용하는 원단을 일컫는 말은 지금도 다양하지만 TEXTILE, FABRIC, 섬유, 원단, 천 등의 단어들은 어쩐지 그 자체로 완성품의 뉘앙스가 느껴져서 개인적으로는 그보다 좀 더 징검다리 역할을 하는 느낌의 소재라는 단어가 더 마음에 든다. 원단을 출고하는 것과 소재를 출고하는 것은 실제 입말로 쓰면서도 그 어휘에 따라 마음가짐이 미묘하게 달라질지도 모를 일이다. 원단과 소재 중에 내가 다루던 것은 과연 무엇이었을까? 너와 나를 웃기고 울리던 그것은 대체.

헤아림은 늘 먼저 본 사람의 몫

세상을 있는 그대로 그저 주어진 대로 받아들이지 않고 어떠한 여지를 남겨두는 것은 실은 각자의 몫이다. 바꿔 말하자면 현재의 이것이 전부도 아니거니와 최상은 더더욱 아닐 거라는 의구심. 변화의 시작은 늘 그렇게 조금은 달리도 볼 줄 아는 시선으로부터 비롯되는 법이다. 꼭 누리호 발사 성공과 같이 거대하고 드라마틱한 사건일 필요는 없다. 그보다 훨씬 더 소소해서 세심한 관찰을 통해서만 겨우 찾아낼 수 있는 그런 일상의 불편을 해결할 수 있다면 다름 아닌 타인을 위한다는 본질, 그 무게감에는 경중이 없을 테니까. 오히려 일상을 개선하는 쪽이 어떻게 보면 그보다 더 큰 인류애의 발현일지도 모른다. 너무 소소한 나머지 누구나 무심코 지나쳐 온 것일수록 우리의 일상과는 더 가까울 테니까. 이처럼 인간은 바로 눈앞의 것들조차 자주 놓치면서도 제 잘난 맛에 산다. 늘 바쁘다는 이유로 큰일과 작은 일을 구분해 가며. 정작 작은 일조차 제대로 해결하지 못하면서.

유형이든 무형이든 세상엔 이미 인류의 역사 동안 쌓아 올려진 수많은 존재들이 있다. 어떤 것들은 여러 사람이 세대를 이어가며 개선에 개선을 거듭해 온 결과물도 있을 것이고, 또 어떤 것들은 마치 아이폰의 등장처럼 전에는 없던 새로운 것도 더러는 있겠지만, 사람을 향한 마음이라는 본질만큼은 서로 다르지 않을 것이다. 다만 다른 것이 있다면 저마다 바라보는 방식의 차이였을 뿐.

꽃을 하나 보더라도 표현만큼은 서로 다르게 1925년의 김소월은 그것을 시로, 2016년의 지드래곤은 잎을 한 장 떼어 낸 다음 PIECEMINUSONE의 브랜드 로고로 만들어낸 것처럼. 이처럼 누군가는 대수롭지 않게 여기고 스쳐 지났을 법한 사물을 통해 다양한 감정을 불러일으키는 사람이 예술가이고, 관찰을 멈추는 순간 예술가로서의 삶도 끝이 날 것이다. 물건도 마찬가지다. 같은 풍경을 보고도 각기 다른 영감을 받아서 각자의 도구를 통해 만들어낸 결과물들이 서로 다른 형태의 예술이 되어 감동을 주는 것처럼, 동일한 범주에 속해있는 상품을 만든다 하더라도 나라는 좁은 예만 생각하고 만들어서는 감동을 줄 수 없다. 이를테면 노약자나 어린이가 사용하기에도 너무 큰 힘이 들지는 않게끔 만든다든가, 정작 사용할 사람의 사정을 헤아리고 염려해야 한다. 비록 사용자의 불편을 직접 목격하지는 않더라도 상상하고 배려를 담아낸 물건에는 반드시 만든 이의 영혼이 새겨지게 마련이다.

상상은 인간에게 주어진 큰 축복이지만, 누구에게
나 거저 주어지는 것은 아니다.

기골이 장대한 사람과 그렇지 않은 사람이 각각 캠핑의
자를 만드는 걸 상상해 보더라도 결과물은 매우 다를 것이
다. 전자가 만든다면 아마 제품의 경량화가 최우선 과제는
아닐지도 모른다. 우선 자신만 보더라도 허용 중량부터 넉
넉해야 하니 소재에 따라 의자가 좀 무거워지더라도 본인
이 직접 사용하기에는 별 무리가 없을 것이다. 하지만 후자
에게도 여전히 망설임 없이 제안할 수 있을까? 누구나 편히
쓸 수 있을 만큼 견고해야 함은 물론이고 가벼울수록 사용
자가 편해질 거라는 본질, 즉 사람을 위한 마음이 빠져 있기
때문에 애초의 제작 의도와 멀어진 나머지 정작 캠핑의자
라고 제안하기에는 머쓱해진 것이다. 이름만은 가벼운 캠
핑이지만 가까이하기에는 너무나도 무거운 당신.
제품이란 모름지기 팔려야만 한다. 그러나 아무리 좋은
제품을 만들고자 하는 순수한 마음이라고 해도 그 안에 타
인을 위한 마음이 없다면 정작 판매로 이어지기란 어렵다.
실은 나를 위한 선택투성이니까. 우리는 오늘도 여전히 무
언가를 사고 가끔 팔기도 하며 살아가지만, 물건을 파는 장
사란 나 하나 편하자고 나만을 위해 존재하는 가벼운 것이

아니다. 사용자의 편의를 위해서라면 오히려 평상시의 나였다면 상상하지도 못할 만큼의 세심한 배려를 기울이는 것이 업을 대하는 프로의 자세다. 물론 추진력도 좋지만 그것이 진정 누구를 향해있는지 스스로를 늘 의심하고 경계해야 한다. 내가 다 상상하지도 못할 다양한 고객들의 사정을 헤아리는 과정은 추진력이랑은 정작 거리가 멀 테니까. 제아무리 우리가 상상하고 헤아린다 한들 분명 뭔가를 또 놓치고 말 것이다. 아무런 고통 없이 뚝딱 만들어진 물건이 심지어 잘 팔리기까지 원하는 이기심이 아닌 고객을 향해 먼저 손을 내미는 이타심, 그것이 업의 본질이다. 헤아림 없이 만들어진 제품을 먼저 알아줄 그런 고객이란 없다. 그것은 고객의 마음 하나 몰라주는 내가 실은 나를 위해 만든 물건이기에.

헤아림은 늘 먼저 본 사람의 몫이다. 무심하기보다는 먼저 헤아리려 노력하는 이들만이 혼이 담긴 제품을 만들 수 있을 것이다. 주로 고객으로 살아가는 와중에 우리를 진심으로 감동시킨 제품이 과연 얼마나 있었던가? 소재만큼 사람을 위한 것도 없다지만, 원단과 같이 무수히 이어지는 공정의 결과물인 경우 단 하나의 공정에서라도 그 헤아림이 부족하다면 의도와는 전혀 다른 결과물로 이어지기 십상이다. 어떤 소재를 어떻게 만들 것인가? 무던하게 사는 삶은 당연히 편안하겠지만 지속가능성까지는 모르겠다. 공평과 공정이라는 단어가 여느 때보다 난무하지만 정작 그렇지 않은 세상에 어떤 이의 성공이 정당한 것인지 우리는 너무 잘 알고 있다. 내가 헤아리지도 않는 남의 불편인데 내 것이라고 해서 남이 먼저 알아줄 리 없다.

반면에 귀찮고 불편함을 기꺼이 감수하고서라도 얻어내는 편안함에는 노력한 만큼의 지속가능성이 보장될 것이다. 먼저 헤아리는 것은 비록 힘들고 어려운 일이지만 그럼에도 남의 불편을 해소시키며 살아왔기 때문이다. 당장 오늘은 불편하지만 내일은 반드시 더 편할 것만 같은 그런 삶. 고객에게도 나에게도. 헤아림도 성공도 늘 먼저 보고 묵묵히 행한 사람의 몫이다. 세상의 물음에 외면하지 않고 성실히 답해온 덕분에.

시장이 망가져도 원단은 팔린다

결과에 문제가 없다면 그것은 더 이상 문제가 아니다. 그 반면 결과에 문제가 생긴 경우에는 그야말로 문제가 된다. 이처럼 해결하지 않았거나 못한 문제는 이윽고 문제가 아닌 결과가 된다. 결과에 이르게 한 문제가 우리 곁에 이미 존재해 왔다는 얘기다. 이처럼 문제와 결과는 서로 다른 것임에도 불구하고 우리는 그것을 구분하기는커녕 자주 혼동하며 심지어 혼용하기까지 한다. 이를테면 저출산과 같은 사회문제를 언론에서조차 "저출산 문제"라고 흔히들 사용하지만, 실은 지금과 같은 결과에 이르게 한 다양한 문제점들이 그저 오래전부터 이어져온 것뿐이다. 저출산을 가만히 들여다보면, 오히려 문제라기보다는 벌어진 결과에 더 가깝다는 것쯤은 누구나 쉽게 알아차릴 수 있을 만큼. 기후변화와 지구온난화 또한 마찬가지다.

이미 해결하기 어려운 상태에 다다른 사안의 경우 문제

라는 단어는 더 이상 어울리지 않는다. 받아들이기 힘든 혹은 쉽게 해결하기 어려운 결과일수록 미디어에서조차 의도적으로 문제라는 단어를 택하는 것은 아닌지, 이제는 다분히 의심스럽기까지 하다. 골든타임을 놓치고 난 다음에는 오로지 뒤늦게나마 수습해야 할 결과만이 남겨질 뿐이다.

문제의 양상은 이처럼 과거형에 가깝기에. 최소한 과거와 현재를 혼동하지는 말아야, 현실에 맞는 대책을 세울 수도 있고 나아가 예방도 할 수 있을 거란 얘기다. 이미 지나간 일과 아직 얼마간의 시간이 남아있는 일에 대해서는 접근 방식과 해법 자체가 달라질 테니.

틀린 것과 다른 것은 당연히 구분해서 사용하듯, 문제와 결과 또한 구분 지어 생각하는 습관을 가져야 할 까닭이다.

비록 의도한 바는 아닐지라도, 결과를 문제로 오인하는 것은 현실을 제대로 직시할 수 없다는 의미나 다름없을 테니. 인간은 아는 어휘만큼만 생각하고 말할 수 있다고 했다. 단지 어휘 하나 잘못 선택했다고 해서 우리가 처한 현실조차 제대로 볼 수 없게 된다면, 이보다 더 안타까운 일도 없다. 혼용이든 오용이든 개인적인 염원을 담을 소지 때문에라도, 그릇된 단어 선택은 그로 인해 뻗어 나아가는 사고 방향을 뒤흔들 수도 있는 위험한 문제임이 분명하다. 지금이야말로 그 자명한 사실에 경종을 울릴 때다. 우리가 지금껏 쉬이 써온 문제라는 단어가 과연 얼마나 바르게 쓰여 왔는가에 대해서.

문제를 지나 벌어진 결과에 가까워질수록 남겨진 선택지는 당연히 적을 수밖에 없다. 결과에 지대한 영향을 미칠 만한 다양한 변수들을 간과하고 스쳐 지나온 죄와 벌로. 변수가 적어진다는 의미는 이처럼 어느 정도의 상수화 고정화가 이미 상당 부분 진행돼 왔다는 뜻에 가깝다. 우선 고정 상수부터 선별한 후 이를 먼저 제외하고 난 다음에도 남아 있는, 그저 몇 안 되는 선택지만 들여다보면 된다는 뜻이다.

급한 대로 지금이나마 집중할 수 있는 얼마 남지도 않은 변수에만 신경을 쓰면 된다는 뜻이기도 하니 너무 억울해할 것도 없다. 예방을 위한 선제적 준비 동작처럼 어마어마하게 많은 상황을 상상할 필요까진 없다는 뜻이니까. 선택 장애가 있다거나 상상력이 부족하다거나 경우에 따라서는 이 방법이 때로는 더 잘 맞을지도 모르지만, 그래도 이왕이면 수습보다는 예방이 훨씬 더 정신건강에 도움이 되긴 할 것이다. 이미 오랫동안 진행되어 왔고 문제를 전혀 모르지는 않았음에도, 시의적절한 조치를 취하지 않은 경우와 설령 취했더라도 실패한 경우 간에는 비록 표면적으로는 똑같이 실패했을지언정, 최소한 예방을 위한 노력은 기울여 봤다는 실로 어마어마한 차이가 존재한다.

국민이 화를 내는 경우는 아마 전자에 해당할 것이다.

그것이 성실한 국가와 게으른 국가 간의 차이니까. 국가가 국민의 생명과 재산을 지키는 건 너무나도 당연한 일인지라 마땅히 지켜야 할 도리를 굳이 언급할 필요는 없으니, 그저 내일을 위해 사는 이들이 맞는지만 들여다보면 될 일이다. 우리는 누구나 늘 주어진 상황에 최선을 다할 따름이고, 자책을 부르는 건 언제나 과연 최선이었을까 하는 후회가 들 때니까. 태작은 있어도 태업이 있어서는 안 된다. 하다못해 차선에라도 가깝기를 바란다면.

매일 마주하는 사람일수록 차츰 변화하는 모습을 감지하기란 쉬운 일이 아니다. 그보다는 오히려 어쩌다 마주친 오랜 친구에게서 언뜻 지나가는 말을 들을 때, 우리는 흠칫 놀라서 되돌아보곤 한다. 이처럼 대부분의 변화는 점진적인 데다 느리기까지 해서 정작 당사자 본인은 알아차리기가 어렵다. 업계가 변화하는 과정 또한 마찬가지다. 성수기 비수기가 뚜렷한 일일수록 더욱 그럴 소지가 다분하다. 제한된 시간 안에 그나마 남아있는 한정된 공간 안에서 작업을 이어나가고, 그마저도 생산 공장을 포함한 기반 인프라가 줄어들고 있는 상황이라면, 어쨌거나 바쁜 시기에 바쁘지 않은 공장을 찾아보기란 더욱 어려운 일이라 여느 성수기와 다를 바가 없이 느껴지기 때문이다.

어쨌든 원단은 팔린다. 지속가능성까지는 그 누구도 속단할 수 없겠지만. 시장은 망가져 가는 과정일지 몰라도, 어쨌든 때 되면 다시 바빠진다는 게 어쩌면 더 큰 위협일지도 모른다. 뉴스로 남 일처럼 접할 때는 별것도 아닌 아무리 사소한 사건 사고일지라도, 그것이 내게 닥쳤을 경우에는 막상 그렇지 않다. 그럼에도 인간은 늘 같은 실수를 반복하게 마련이다. 위험이 코앞에 바짝 다가와서 알아차리기 직전까지는. 더 엄밀히 따지자면 벌어지기 전까지는. 2022년 여름, 남부 지방에 가볍지 않은 상처를 남기고 간 태풍 힌남노처럼. 태풍이 한반도로 올라올 확률은 고작해야 0.1%에 불과하다지만, 그 확률은 어디까지나 전체에 관한 통계일 뿐이다. 최근 몇 년간 지속되고 있는 라니냐를 포함한 드라마틱한 기후변화를 고려한다면 더 이상 전체 수치만으로 따질 것이 아니라, 급격한 기후변화가 존재하기 이전의 수치는 제외하고 보는 것이 옳을 것임에도.

상황이 급변한 다음 그 결과를 이미 온몸으로 체감하고 있는 시점에 우리에게 주어질 선택지는 으레 적고 미비할 것이다. 현재에 이르기까지 자연이 보내온 수많은 신호들을 간과해 온 덕분에. 오늘도 우리는 결과에 바짝 다가서 있는 문제들을 여전히 안고 살아가고 있는 걸지도 모른다. 찬물에만 넣고 삶는다면 어떠한 저항도 없이 서서히 삶아져 갈 개구리처럼, 자신의 죽음을 인지하지도 못한 채.

우리가 어떤 의문을 마주할 때마다 곧장 세상을 향해 묻기 그 이전에, 어쩌면 자신에게 제일 먼저 되물었어야 했던 건 아닐까. 그 의문은 정작 나를 향해 있었던 걸지도 모른다. 미덥지 않은 세상을 사는 우리가 누구보다 자신을 믿지 못한 나머지. 그러니 어디까지나 먼저 되물어야만 한다, 세상을 향하기 이전에 나 자신에게. 정작 탓해야 할 건 자기 자신이지, 억울한 세상은 아닐 테니. 매번 세상 억울할 일을 당한 것처럼 원통해한다면, 세상만큼 세상 억울한 존재가 또 있을까. 세상 믿을 게 없다지만, 이 또한 불완전한 인간이 만들어낸 것이고, 불완전한 인간이야말로 믿고 기댈 만한 것이 아니다.

조약돌을 남기며 걸을 것

이른바 아날로그 그 자체인 섬유의 특성이 스며든 탓인지는 모르겠으나, 아직까지도 FAX로 일하는 업체들이 적지는 않다. FAX로 인쇄되어 나오는 서류는 거기다 직접 결제 사인을 받아야 되는 경우를 제외하고는 저장성의 가치보다는 오히려 짐이 될 소지가 높은 그런 시대를 살아가고 있음에도. 물론 인쇄도 비용이지만, 물리적인 저장 또한 마찬가지로 비용을 불러오게 마련이다. 물리적 저장에서 벗어나 바야흐로 클라우드 저장의 시대가 된 것도 이 때문이리라. 클라우드는 단순히 저장만을 위한 저장이 아닌 언제 어디서든 꺼내볼 수 있게도 해주었으니까. 필요할 때 검색어 하나만 잘 쓴다면.

일과의 사전적 의미는 날마다 규칙적으로 하는 일정한 일이다. 1차적으로는 물리적 저장 공간을 아껴주었고, 궁극적으로 일과시간을 아껴주었다는 것이 클라우드의 진면목이다. 더군다나 매일 해야 하는 일을 지속적으로 반복하다 보면 마땅히 농숙해져서 시간이 절약되게 마련이니까. 그뿐만 아니라 추후에 들여야 할 시간과 노력의 절감을 의식한 채로 임한다면 더욱. 애초에 기록을 염두에 둔 저장을 할 뿐 아니라, 어디까지나 조약돌을 남기는 듯한 그런 일을 해야만 한다. 이를테면 클라우드처럼, 원한다면 언제든 시원하게 꺼내기 위해. 물리적인 매체로서의 저장은 단지 공간적 비효율을 불러올 뿐만 아니라 그것을 다시 꺼내보기 위한 물리적인 노력을 또 들여야만 하니까.

오늘의 일과는 마치 훗날 누군가에게 필요할 이정표를 놓아가는 그런 과정이 되어야만 한다. 이어지지 않은 길을 경로라 하기는 어렵기에. 누군가에게는 그 조약돌이 지름길이 될 수 있을지도 모른다. 당장은 딱히 정해진 수신인이 없더라도, 다만 남겨두기만 한다면.

어쩌면 인류의 삶과 역사 전체가 이러한 남김과 그것을 좇는 이음의 반복이었을지도 모른다. 다만 나의 생을 충실히 살아낸 다음, 그다음 세대가 그를 이어 나가는 숱한 반복, 그러한 무수한 시작과 끝이 이어지지 않았다면 지금에 이르지는 못했을 테니. 나눌 수 없는 지식은 지식이 아니고, 가르칠 수 없다면 그것은 아는 것이 아니라고 했다. 내가 성취한 지식을 그저 나누기만 한다면, 누군가는 처음이 아닌 거기서부터 시작할 수 있을 텐데.

어쩌면 나눌 수 있는 것과 없는 것의 구분이나 유무도

단지 마음가짐에서 비롯되는 걸지도 모른다. 손바닥 위 한 가득 모래를 움켜쥐는 그 순간, 내 손에 남겨질 모래가 얼마 되지 않을 걸 알면서도 끝끝내 놓지는 못하는 가엾은 마음. 한 사람의 생으로만 이루어진 역사는 없듯이 지금 남기는 얼마간의 조약돌이 누군가에게 조금이나마 도움이 될 수 있다면, 나의 소명은 그것으로 족하다. 치열한 과정, 그 역사 속 작은 조각으로 남을 수 있기를. 그리하여 우리가 남긴 그 족적을 따라 이어갈 누군가에게는 좀 더 수월한 길이 되기를, 또 기꺼이 남겨 주기를.

내일은 기꺼이

뭐든 다 알고 뭐든 다 할 수 있다는 사람은 좀처럼 믿음이 잘 가질 않는다. 반면에 좀 겸연쩍더라도 모르는 걸 모른다고 인정하는 대신에 공부를 해서라도 대책을 마련해 오겠다는 사람이 오히려 더 신뢰가 간다. 우리는 어제보다 많이 아니까 당장 뭘 모르더라도 그것은 전혀 문제가 되질 않는다. 문제는 정작 다 안다고 다 할 수 있다고 얘기했다가 그 말을 지키지 못해서 신뢰를 한순간에 잃게 되는 경우다. 경력이 많다고 해서 관련 업무를 다 아는 것도 아니고 당연히 다 알 수도 없는 노릇이다.

다만 누가 봐도 해 봤을 것 같은 알만한 일을 내 것으로 만들지 못한 경우, 그로 인한 두려움은 경력자도 주저하게 만들고 때로 거짓말을 낳기도 한다. 문제는 그로부터 비롯된다. 좀처럼 대화가 나아가질 않으니. 아는 사람과 모르는 사람의 대화는 그렇게 늘 모르는 사람이 이기기 마련이고,

그 이유는 모르는 사람과 대화를 나누기 위해서는 먼저 그를 알게끔 만들어야 되기 때문이다.

결국 진짜 아는 사람은 그 사람이 정말 아는지 모르는지조차 헷갈리기 때문에 대화는 어떻게든 끝이 나겠지만, 그것은 이해를 기반으로 매듭지어지는 게 아니라 체념하는 상황에 가깝다. 전문적인 대화일수록 상호 간에 지식이 엇비슷해야 대화다운 대화가 가능해지니까. 다만 오늘은 서로 아는 것에 대해서만 논의하고 나머지 모르는 내용들은 다음에 재논의해도 될 일이다.

그렇지 않은 상황은 대선 토론에서도 흔히 목격할 수 있다. 사람은 누구나 그렇게 말의 유혹에 취약하다. 그 잘난 사람들조차 그러고 사는 걸 보면. 오늘 모른다고 인정하는 것은 결코 신뢰를 잃는 일이 아니라 오히려 신뢰를 얻을 수 있는 좋은 기회라는 걸 그 사람들이라고 모르지는 않을 텐데.

이처럼 일도 대화도 지식의 유무가 관건이기보다는 거짓 없는 솔직함이 관건이고, 내가 가진 지식의 수준보다는 학습능력이 관건이다.

모자란 부분은 배움으로 매워나가면 되니까. 오늘 모름을 인정하는 것은 당장은 모르지만 내일은 기꺼이 배우겠노라는 의지의 표명이다. 모르는 걸 안다고 하는 것은 나를 지켜줄 방패가 아니라 언젠가는 내게 다시 돌아올, 이미 떠나 버린 화살일지도 모른다. 그러니 내일은 기꺼이.

나에게 간다

무려 3년 만에 도쿄 시장 조사 일정을 잡았다. 이놈의 코로나가 아니었다면 여느 때와 다름없이 봄 가을 두 번은 꾸준히 발품 팔아가며 레퍼런스 옷 샘플도 원단 개발도 up to date를 해왔을 텐데. 떠나기까지는 아직 두 달이나 남아 있긴 하지만 워낙 오래간만에 가는지라, 그간의 공백을 메꾸려면 우선 뭘 해야 될지부터 떠올려 보아야 한다.

시장조사란 뚜렷한 목적을 가지고 있으므로, 여행처럼 무작정 떠나는 것만이 능사는 아니다. 2박 3일 동선 정리도 할 겸 우선 즐겨 찾던 매장들이 안녕한지부터 구글 지도를 통해 확인해 보니, 역시나 폐업한 곳들도 여럿 눈에 띄었다. 그래 너네도 꽤나 힘들었겠구나, 우리나라만 난리는 아니었으니. 어쩐지 씁쓸하긴 하지만 난 자리가 있으면 든 자리도 분명 있는 법이니 큰 문제는 되지 않는다.

꼭 시황 문제가 아니더라도 브랜드에도 라이프 사이클

이란 엄연히 존재하는 거니까. 가격대를 떠나서 그걸 뛰어넘어야지만 오랫동안 사랑받는 이른바 명품 브랜드로 자리매김할 수 있다. 그보다 더 중요한 것은 떠나기 전에 국내에 원단이 어디까지 나와 있는지부터 직접 면밀히 살피는 것이 먼저다. 그래야지만 현지에서 시장조사를 하면서도 국내에 있는 소재인지 아닌지 판단이 설 테니까. 설령 이미 세상에 나와있는 원단이라 하더라도 소재가 어떤 복종과 디자인으로 적용돼 있느냐에 따라 가먼트 샘플로서의 가치 또한 충분하다.

어떤 영역이든 간에 새것인지 아닌지를 판단하려거든 어쨌거나 지금 현재까지를 잘 알아야 한다.

그래야 막상 현지에서 갸우뚱하는 불상사가 일어나지 않을 테니까. 멈춰있던 시간만큼 쌓인 공백을 어느 정도는 스스로 메꾸고 시장 조사를 나서야 그간의 여백을 채울 수도 있는 법이니까. S/S 시장조사를 잘 해야 F/W 복종으로도 이어질 소재 또한 예측이 가능해진다.

좋은 소재란 복종도 계절도 가리지 않는 법이라 그게 적중하기만 한다면, 현지 매장에 옷이 풀리는 그 시기와 동시에 국내에서 소재 세일즈를 시작할 수 있다. 이런 쾌감은 마치 내가 웃스트라다무스가 된 것처럼 짜릿한 것이라, 한 번 맛보고 난 이상 시장조사를 끊을 수도 게을리할 수도 없게 된다. 이런 생각과 함께 몸을 써가며 준비를 하고 있노라니, 두 달 후 거기서의 내 모습이 사뭇 궁금해진다.

과연 예전의 나와 내 열정이 마중 나와있을런지도.

용케도 나와있더라.

그곳에 서서

　도쿄를 다녀온 지 열흘쯤 지났다. 문익점의 마음으로 사 온 레퍼런스 옷 샘플들은 이미 개발을 위한 시험 제작이 시작된 상태다. 실은 살 때부터 어떻게 하겠노라는 판단이 있었기 때문에 딱히 주저할 일도 없었다. 그러지 않았더라면 사지도 않았을 테니. 현지 시장 상황을 말하자면 코튼cotton이거나 코튼-라이크cotton-like이거나 둘 중 하나다. 브랜드 입장에서 보자면 아무리 자연스러운 외관이 좋다 한들 실제로 면을 사용하기엔 어려운 브랜드도 엄연히 존재한다. 이를테면 재킷으로 사용할 경우 발수도 문제라던가 그 지속성의 문제라던가. 실은 면은 발수를 하지 않는 것이 제일이긴 하니까. 코튼이 코튼으로 빛나려면 발수를 하지 않을수록, 신체 접촉면은 많을수록 좋다. 이제는 화섬 우븐 티셔츠도 흔하긴 하지만, 여전히 면 티셔츠가 으뜸인 데는 그만한 이유가 있다. 다만 아웃도어 브랜드의 경우에는 기능성이

가미되어야 하고, 재킷이라면 마땅히 세탁을 많이 하고 오래 입더라도 발수 상태는 여전히 좋아야 하므로 화학섬유가 적합할 수밖에는 없다. 그렇다면 답은 뻔하다. 코튼을 쓸 수 없다면 코튼-라이크를 써야지. 방향은 두 가지다. 실제로 면을 닮은 원사를 써서 외관과 손맛을 살리든가, 그게 아니라면 꼭 코튼-라이크 사종을 쓰지 않더라도 외관만큼은 최대한 매끈하지 않게 살려본다든가. 그렇다고 해서 언급하지 않은 신축성이라든가 나머지 요소들도 간과해서는 안 된다.

설령 바이어가 리사이클 소재를 갖다 달라고 했을 때, 평직, DEWSPO만 덜렁 갖다 줘서는 안 되는 것처럼. 중요한 건 리사이클이 아니다. 이거저거 다 떠나서라도 매장에 걸리는 옷이라는 제품이 될만한 소재인 게 먼저니까. 언급하지 않았다고 해서 내 멋대로 간과해도 된다는 뜻은 아니다. 그러다 보면 바이어가 간과하게 되는 건 결국 나와 내 소재가 되고 말 테니까. 다만 한 가지 걸리는 점은 3년 만에 도쿄시장을 보는 거라 현재의 시류가 언제 시작된 건지 정확히는 모르겠지만, 복종별 브랜드를 가리지 않고 전체를 아우르는 걸 보면 2~3년쯤 된 걸지도 모르겠다. 소재가 캐주얼스러워진다는 것은 결국 여태 시황이 좋지 않았고, 현재도 좋지 않다는 증거다. 이럴 때일수록 내 색깔은 좀 덜어내더라도 그나마 대중적인 선택을 하는 건 지극히 자연스러운 일이니까. 지속가능성이란 멀리 있는 게 아니다. 팔리지 않는 물건이야말로 사업 지속가능성의 적이다. 그리고 말

나온 김에 하나 덧붙이자면, 코튼이 천연섬유라고 해서 환경적으로도 지속가능성 측면에서 우위에 서있는 걸까? 과연 그럴까?

갈 때마다 매번 느끼는 거지만 노스페이스는 정말이지 대단한 브랜드다. 그들만큼 사람을 위한 옷을 만드는 이들을 나는 본 적이 없다. 소재를 너무 잘 아는 나머지 옷을 만들지 않고는 살 수 없어서 브랜드를 만든 느낌이랄까? 소재가 왜 가벼워야 하는지, 왜 신축성이 있어야 하는지, 피부 접촉면은 또 어때야 하는지를 멀리서 찾아볼 이유가 없다. 도쿄에 가서 다양한 노스페이스 매장만 살뜰히 들여다본다면, 답은 거기에 있다. 그 매장을 가득 채우고 있는 건 단지 옷이 아닌 다만 인간을 향한 수많은 물음들이다. 나는 여태 얼마나 물어왔고, 앞으로는 또 얼마나 물으며 살 수 있을지 나 자신을 되돌아보고 다독이지 않을 수 없다.

답은 늘 우리 가까이에 존재한다. 다만, 묻지 않을 뿐.

스스로 질문할 수 있는 한 인간은 무엇이든 배울 수 있고, 실은 어디까지나 자신에게 질문을 던질 수 있느냐의 문제니까.

당신에게 전하는

3부
위로

봄이 그렇게도 좋니?

또다시 가을이 왔다. 나처럼 땀 많은 사람에게 여름은 그 자체로 곤욕의 계절이다. 땀 흘리는 동안의 나는 어떠한 것도 온전히 즐길 수 없으니. 점심을 먹다 말고 앞에 있던 친구에게 물었다. 봄이 좋은지 가을이 좋은지를. 동시에 나는 왜 봄이 더 좋은 건지 그제야 떠올려보는데 딱히 특정할 수는 없었다. 그래, 좋아하는 데 딱히 이유가 필요한 건 아니다. 꼭 필요하다면야 찾아서 만들면 그만이지만 어울리는 단어 하나조차 쉽게 떠올리지 못한다. 그저 좋은 것일수록 왜 좋은지 생각할 이유도 겨를도 없다. 그래서 좋은 것 중 으뜸은 마냥 좋은 건가 보다. 애초에 이유가 있어서 좋아한 것이 아니기 때문에 그 이유 또한 사라질 일이 없는. 무엇을 좋아하는지 묻는 질문에조차 답을 망설이는 지금의 어른들에게 하물며 그것을 왜 좋아하는지 묻는 것만큼 어리석은 일도 없을지 모른다. 나부터도 바로 대답 못 할 거면서.

정말 그게 중요해?

매년 봄이 되면 TV 광고는 어느새 골프 브랜드로 그득해진다. 여느 때와 다름없이 TV를 켜두고는 핸드폰을 만지작거리다 광고 카피 하나에 고개를 들었다. "정말 그게 중요해?" 아니 이보다 더 근본적인 이유가 있을까? 어쩌면 진정 원하는 것에 대해서는 이처럼 이유는 없는 게 아닐까? 다만 그것을 소유하고 싶은 나만 있을 뿐. 그렇다. 지름에는 가히 이유가 없다. 원하는 게 있다면 그저 그럴듯한 이유를 만들어내면 그만이다. 우리는 그 정도쯤은 어렵지 않게 해내는, 탕진에는 일가견이 있는 사람들이니까. 오늘 저녁 치킨을 향한 왠지 모를 이끌림에도 딱히 이유는 없다. 그나마 쓸모가 없진 않으니 오히려 고맙고 다행인 거다. 그보다도 우리는 종종 쓸모없는 아름다움에도 현혹되고 마니까.

물건을 판다면 응당 고객이 그것을 살 만한 쓸모와 효용이라는 합당한 이유를 제공하는 건 기본이고, 그걸 뛰어넘어 쓸데없이 예쁘기까지 하다면 더할 나위 없이 좋을 거란 얘기다. 쓰임새만으로는 더 이상 내 지갑을 열 명분으로 충분치 않은 세상, 아름다움이란 가치는 새로이 대체된 뉴 쓸모인지도 모른다. 그렇다. 쓸모와 이유는 더 이상 중요하지 않다. 그보다 더 중요한 건 나니까. 그걸 원하고 바라는 내가 더 중요한, 사람이니까.

"정말 그게 중요해?" 나는 이보다 나은 카피를 본 적이 없다. 지금 이 시대를 살아가는 우리가 과연 필요에 의해 사는 물건이 많을까 원해서 사는 물건이 많을까? 지금 당장 필요하지도 않고 꼭 이게 아니더라도 잘 살아갈 당신이지만, 그걸 원하는 당신의 마음은 죄를 짓는 것도 아니거니와 그보다 중요한 건 그걸 간절히 원하는 당신의 마음이니 그냥 이걸 사라. Just buy it. 이 모든 메시지를 단 일곱 글자에 담아낸 것이다. 여담이지만 나는 아직도 마라탕을 먹어본 적이 없다. 그것 없이도 잘 살아온 난데 필요 이상으로 호들갑 떠는 모습들이 싫어서. 적절한 카피가 붙었더라면 결과는 달랐을지도. 그러고 보니 그 시즌 파리게이츠의 매출 그래프가 궁금해진다. 그 봄 트와이스보다 더 빛났던 것은 다름 아닌 그 카피였다. 부디 매출도 잘 나와주었기를. 그리하여 내년 봄에도 그 말을 들을 수 있기를. 이 가을에 바라 본다.

그리고 이 겨울 우리는 다시 만났다. 겨울 필드의 꽃이 되어. 겨울에도 골프는 여전히 핑계일 뿐. 다행이다.

멀리 가는 거, 정말 그게 중요해?

전기차의 유지비나 주행거리 따위는 바쁜 일상 속 잠시 스쳐가는 택시 승객에게는 그다지 중요한 게 아니다. 전기 모터의 기민한 반응에 레이싱과 같은 운전습관이 더해졌을 때에는 더욱이. 이러한 고질적인 승차감이 해결되지 않는 이상, 전기 택시는 고객 하나도 모르면서 고객 가치라는 둘을 안다는 소리를 하는 거나 다름없다. 고객의 편안은 타협의 대상이 아닌 언제나 최우선에 위치해야 할 가치라서, 하나도 모르면서 둘을 안다고 할 수는 없는 노릇이다. 이럴 거면 차라리 위생봉투를 제공하는 게 맞다 싶을 정도로 불편한 승차감이 개선되지 않는 이상, 전기차의 고객 가치란 전적으로 차주에게만 존재하는 것이다. 유지비라는 효용은 고객의 안녕을 위해 존재하는 건 아니니까.

상업 광고의 거대 주주인 자동차 회사들 덕분에 미디어에서도 쉽게 다루기는 어려운 부분이겠지만, 이 또한 또 다른 고객 혼돈의 흔한 결과일 뿐이다. 광고를 파는 미디어와 자동차를 파는 회사들, 그 모두를 소비하는 주체인 힘없는 개인 고객들. 저마다의 고객 가치를 눈 감아버린 그들 덕에 오늘도 멀미에 질끈 눈 감는 승객들만 있을 뿐. 전기 택시, 그 안에는 고객이 없다. 다만 차주와 효용만이 있을 뿐.

　그걸 사는 사람들이야 뭘 모르고 살 수 있다지만, 지금처럼 승차감을 전적으로 운전자의 역량에만 전가하고 있는 자동차 회사들은 그걸 모를 리 없다. 고객의 편안과 운용 경제성은 서로 견줄 만한 것도 아니다. 현존하는 대중교통 중 마땅히 가장 편안해야 할 택시임에도 멀리 가는 게 뭐가 그리 중요하고, 유지비는 또 뭐라고. 그러면서도 과연 우리는 얼마나 다를까를 생각하면, 딱히 할 말은 떠오르지 않는다는 게 다만 아플 뿐.

저마다의 이야기

살다 보면 누구나 저마다 할 말이 생기게 마련이다. 그리고 그것을 어떻게든 그리게끔 되는데, 내게 익숙한 도구일수록 자신을 표현함에 있어서도 유리할 것이다. 마음만은 굴뚝같으나 정작 그만큼 표현해 낼 수 없다면 그것만큼 답답하고 애석한 일이 없을 것이다. 할 말이 없는 것보다도 오히려. 모든 예술이나 장르의 탄생도 다름 아닌 여기서 비롯된 것이리라. 그러나 동경하는 일일수록 평정심을 유지하거나 너그러워지기란 결코 쉽지 않은 일이다. 내게 그런 도구란 바로 섬유다. 되게 익숙하다가도 때로는 많이 낯선, 알다가도 모를 무언가. 그런 무언가를 알면 알수록 관대한 시각을 유지하기란 불가능에 가깝다. 눈은 언제나 손보다 빠르고, 내 눈이 높아지는 것도 내 실력보다 늘 저만치 앞서 있게 마련이니까. 그러다 보면 자연스레 예전처럼 즐기지는 못하고 깐깐해지고야 마는 슬픈 수순을 밟고야 만다.

취미가 일이 되는 과정이 가장 이상적인 동시에 위험한 이유도 바로 이 때문이다. 무릇 일이란 마땅히 잘해야 하고, 그럴수록 그것이 좋았던 이유마저 망각하게 만들고 마니까. 더 나아가려는 마음은 그래서 위험하다. 순수하게 즐기던 시절과는 점점 더 멀어지게 만들 소지가 있어서라도.

누구의 탓을 하기도 어렵다. 끝없이 나아지고 발전하길 기대하는 내 잘못이니까. 그렇게 대할 수 없는 것이 섬유라는 재현산업인 걸 누구보다 잘 알면서. 호기롭게 손댔다가 끝내 후회하는 제품이 늘어갈수록 그리고픈 그림은 그만큼 줄어만 간다. 하지만 그럼에도 또 그리게 되는 것은 설령 그것을 인지했을지언정 멈출 수는 없기 때문이다. 다만 그때의 나보다 적게 그릴지언정 멈출 수는 없다. 그것은 내가 아니니까. 인생이란 어쩌면 내게 익숙한 도구를 찾아가는 여정 그 자체일지도 모른다. 언젠가는 내가 표현하고 싶은 내게 다가설 수 있을 만큼.

우리가 아는 당대의 예술가들은 그런 익숙함마저 뛰어넘은 찰떡같은 도구를 찾아낸 사람들일 거고, 설령 그 시대엔 빛을 못 봤더라도 기어코 그 빛을 발하고야 만 그런 사람들일 거다. 그저 익숙한 정도를 뛰어넘기 위한 수많았을 시행착오까지는 감히 우리가 가늠하고 헤아리기 어렵지만, 대개는 성공담만 회자되는 걸 감안해 보면 쉬이 다다른 이는 분명 없을 것이다. 세상이 알아주든 말든 그런 것과는 상관없이 그저 묵묵히 자신의 이야기를 해온 사람들일 테니.

갈수록 이미 세상에 나와있는 이야기만 더 쌓여갈뿐더러 하물며 현재의 이야기도 넘쳐나는 세상임에도, 나의 이야기를 묵묵히 써 내려간다는 것은 말처럼 쉬운 일은 아닐 것이다. 우리가 알고 있는 이야기일수록 성공담일 확률만 더 클뿐더러, 그 틈바구니를 비집고 나의 이야기가 들어갈 가능성은 그보다는 훨씬 더 낮기 때문이다. 그럼에도 어쩌지 못하고 자신의 이야기를 할 수밖에 없었던 사람들이 뒤늦게나마 빛을 발할 기회를 얻었을 거다. 그것은 여느 이야기들과는 다른 한 개인의 이야기니까. 세상은 몰랐을 지극히 개인적인 이야기. 누구나 하나쯤은 품고 있을 저마다의 이야기.

My story

디자인과 기획이란 단순히 계절별로 스타일 개수를 맞춰서 매장에 채워 넣는 과정이 아닌, 디자인 컬러 소재를 통해 나만의 이야기를 세상에 내보내는 과정이다.

꼭 매장에 들러 시장조사를 하지 않더라도, SSENSE 같은 온라인 매장만 둘러보더라도 자신의 이야기를 담아낸 옷들은 어쨌거나 눈에 띄고야 만다. 생산이 탄탄하게 받쳐주는 덕분에 만듦새라는 기본기가 장착된 브랜드들의 옷은 큰 기복 없이 늘 평타는 쳐내지만, 역시가 역시를 했다며 예전과는 다르게 이제는 그저 고개만 끄덕이게 될 뿐이다. 어쩌면 이보다 더한 극찬이 없을지도 모르지만. 어쨌든 꾸준히 자신의 이야기를 해오면서도 잘 팔리기까지 한 덕분에 나마저도 알게 된 이야기라 단지 눈에 익어있을 뿐이다.

반면에 전에는 없던, 그만이 할 수 있는 이야기를 옷이라는 매개체로 풀어낸 경우에는 금방 눈에 띄어서 나보다 내 손이 먼저 클릭하고 있고, 나머지 컷들도 기어코 훑어보게끔 만든다. 어디서 듣지도 보지도 못한, 어딘가 새로워서 자세히 들여다보고 싶게 만드는 그런 이야기. 허나 브랜드라는 기업체가 굳건한 자신들의 색채를 갖기도 그것을 드러내는 것도 마냥 쉬운 일은 아니다. 색을 안 입혀보지는 않았을 것이고, 색채와 판매라는 기로에서 방황해 보지 않은 바도 분명 아닐 테니. 그 기로에서 단지 어느 쪽의 지속가능성을 택했느냐의 문제일 뿐. 판매라는 유혹 앞에 색은 속절없이 흔들리게 마련이니까. 때로는 작은 바람결에도 하릴없이 흔들리듯. 나 또한 그래 왔듯이.

기업이 가진 정체성을 쉽고도 분명하게 떠올릴 수 있는 브랜드는 실제로 얼마 되지도 않는다. 당신이 지금 떠올린 바로 그 브랜드들이 맞다. 반면에 내 얘기도 아니면서 도무지 한쪽 팔뚝을 그냥은 내버려 두지 못하는, 그런 다른 누군가에게 빌려온 이야기들은 넘쳐난다. 제품이란 본디 소비되기 위해 만들어지고 존재한다는 걸 모르지는 않는다. 다만 만들어야 하기에 만드는, 그저 일을 위한 일을 했다는 게 내 눈에는 보일 뿐이다.

지탄받을 일은 아니지만 그렇다고 멋이 있는 것도 아니다. 인간의 신체를 보호하기 위한 옷 본연의 역할을 넘어 멋을 파는 브랜드들이 다만 멋이 좀 없는 것일 뿐. 멋이라는 그저 한 음절에 불과한 단어를 지켜나가기란 역시 쉬운 일은 아니다. 제아무리 멋있는 옷이라도 팔리지 않게 되면 그 브랜드는 결국 지속가능성이 없어지고야 말 테니 역시 어려운 일이다. 다만 나는 자신의 이야기를 하는 사람들에게 소비를 하고 싶다. 그들이 어떤 이야기를 해나감에 있어서 주저하는 일이 없었으면 하는 팬심으로.

굳이 그들이 아니어도 또 듣지 않으려 해도 들리는 그런 이야기들로 세상은 이미 그득하다. 오늘도 저마다의 이야기를 하고 있을 업종을 불문한 그들 앞에 자신의 이야기를 써 내려갈 수 있는 행운이 깃들기를 간절히 바란다. 그러다 운 좋게 내 눈에도 띄게 되는 날에 나는 기꺼이 지갑을 열어 수줍은 응원을 전할 것이다. 무심히 라디오를 켜놓았다가 귀를 쫑긋 세우고 귀 기울이게 되는 그런 순간들은 이야기로만 만들어진다. 노래의 첫 소절을 듣고는 아무 일도 없는데도 괜히 가슴이 무너져 내리는 순간처럼. 사람들은 실은 당신의 이야기를 궁금해한다. 당신의 시선을 거쳐서 나오는, 나조차도 하지 못한 나의 이야기들을.

불안은 나의 힘

　내 손을 거치면 마땅히 달라야 한다며 어느 하나 그냥 흘려보내지 못하는 성격 탓에 스스로를 미워할 때가 종종 있다. 잠시 미뤄둘 수 있는 일을 골라내는 것조차 실은 고통이다. 후회하기보다는 내면 저 깊은 곳까지 자책하는 기질이라. 결과를 놓고 뒤돌아보면 실로 중요하지 않은 일이 어느 하나 없는 데다 시간까지 촉박한 일들이 여럿 겹치는 경우에는 더욱 그렇다. 내가 발견하지 못하고 놓쳐서 예측을 빗나간 결과를 받아들여야 할 때만큼 괴로운 것도 없다.

　그렇기 때문에 내 뒤를 이을 누군가가 있건 없건 간에 최소한 나만큼은 내가 아는 한 최선의 선택을 내려야 하고, 뒤를 따르는 혹시 모를 유의사항까지 스스로 짚어주지 못한다면 그저 막연한 기대를 거는 것에 불과하다고 여긴다. 덕분에 신을 믿는다거나 기도를 할 만한 성격은 못 된다. 자신에게조차 의심할 거리투성이인데.

좀 더 솔직한 고백을 하자면, 실은 내가 미울 때가 매우 많고 막연한 기대를 쉬이 걸지도 못하는 그런 사람이 됐다. 나 또한 긴 공정 안에 속해 있는 한 사람에 불과하며, 내 손을 이미 떠난 결과를 마주하고 나서는 나를 포함한 누구도 잡지 못한 브레이크를 언급하는 것이 사실상 무의미하기 때문이다. 점심 메뉴를 고르는 사소한 일에서부터 그보다 훨씬 중한 일에 이르기까지, 우리는 하루에도 수없이 많은 선택과 결정 앞에 놓인다. 그때마다 결정에 소요되는 사유의 시간은 각자가 생각하는 중요도에 따라 우선순위가 정해질 것이고, 저마다의 성격 또한 큰 영향을 미칠 것이기 때문에 당연히 편차가 존재할 수밖에 없다. 머리로는 너무 잘 알고 있지만 가슴만큼은 여전히 나를 괴롭히기 때문에 오늘도 그저 할 수 있는 한 최선의 염려를 할 수밖에는 없다. 물건을 하나 사는 것조차 쉬운 일이 아니어서 좀 슬프기는 하지만.

이처럼 사람은 누구나 자기가 아는 한도 내에서 최선을 다할 따름이기에 그것이 늘 최고일 리는 없다는 걸 모르지는 않으면서도 여전히 괴로워하는 사람이 나라서. 이런 기질을 타고난 이상, 오늘의 내가 내리는 결정이 비록 최고는 아니더라도 그래도 썩 괜찮은 선택이기를 바라는 이상, 공부하고 노력하는 방법밖에는 없다. 타고난 기질에는 분명 세상을 위한 쓰임과 목적이 있을 거라 믿으며, 내가 나를 최대한 잘 써보고자 용을 쓰며 사는 수밖에 없다. 세심하지 못한 결정에 대한 결과는 남들에 비해 훨씬 큰 자책으로 돌아오는 성격이기 때문에. 그것이 직접 경험이 됐든 간접 경험이 됐든, 그저 지금 알고 있거나 상상할 수 있는 최대한의 경우의 수를 총동원해서라도 부단히 염려한 끝에 내린 결정이라야 결과가 어떻든 간에 온전히 납득할 수 있을 테니까. 기어코 나를 탓하게 만들고야 마는 그놈의 납득이가 문제다.

어떠한 문제에 놓이더라도 꽤 괜찮은 선택을 할 수 있을 거라는 자신감을 다지기에 독서만 한 것도 없다. 한 사람이 생을 살면서 직접 할 수 있는 경험은 그리 많지 않기 때문이다. 접해보지 못한 주제에 관해서도 책을 통해 들여다보고 타인의 시각을 빌려서도 생각하다 보면, 자연히 세상을 바라보는 시야도 넓어질 테니까. 엄밀히 말하자면 내 시야가 넓어지기보다는 얼마나 좁았던가를 비로소 깨닫게 되면서부터 이내 세상이 더 커 보이는 거긴 하지만. 그러니 겪지도 생각해 보지도 못한 문제들을 해결하려면 읽지 않을 수가 없다. 그때마다 우리에게 주어진 상황에서 최선의 생각을 어쨌든 해내야만 하고, 그것은 곧 일상이자 삶이다. 지금 이 순간에도 세상은 변하고 있고 우리는 내일도 어김없이 겪어보지 않은 일들을 마주하겠지만, 생각만은 그때마다 올바른 선택을 할 수 있도록 우리를 지켜줄 것이다. 아울러 잦은 불안이나 강박을 겪는 사람이 있다면 불안이라고 해서 늘 나쁜 것만은 아니라는 말을 전하고 싶다. 불안은 나의 힘이기도 하니까.

내 안의 소녀

비워야 채울 수 있다는, 누구에게나 익숙할 법한 그런 말이 있다. 생은 저마다 결여된 무언가를 끊임없이 채워가는 과정이며, 언제고 다시 비워내야지만 또다시 채울 빈자리도 생길 거란 얘기다. 채우는 것과 비워내는 것 중 어느쪽이 더 어려울지는 물론 저마다 다르겠지만, 내 경우에는 확실히 비워내는 쪽이 훨씬 더 격하게 어려운 편이다. 지금이 순간에도 이것저것 모아대기 바쁜 나머지. 비워두고 산다는 것은 어쩌면 마냥 채워 넣는 것에 비할 바가 아닌 훨씬 더 어렵고 복잡한 문제일지도 모른다. 하물며 지금과 같은 과잉의 시대에 이르러서는. 오직 너를 위해 너만을 기다리며 자리를 비워둘게, 뭐 이런 건 지금은 사라져버린 옛 정서라 오래된 발라드 가사에서나 나올 법한 그런 옛이야기니까. 그럼에도 난 여전히 그런 노랫말이 좋아서 요즘 노래는 좀처럼 참고 듣지를 못한다. 그러면서도 여전히 물건을 잘

버리지 못해서 좀처럼 비우지도 못하는 그런 이율배반적인 삶을 뻔뻔하게 잘도 살아간다.

나는 어째서!!! 당최 버리지를 못한단 말인가. 단순히 내치지 못하는 수준에 그치는 것이 아니라 오히려 저장 강박에 더 가까우니 원. 옷, 신발, 레코드판과 같이 내 정체성의 일부라고 여기는 영역들에 한해서라고 하기에도 좀 많기는 해서 머쓱하기는 하다. 이들은 곧 나의 역사이자 지금껏 이어지고 있는 내 덕질의 역사다. 돌이켜보면 감사하게도 열렬히 좋아하는 대상은 늘 내 곁에 존재해 왔다. 발단은 주로 음악이었는데, 중학교 때 카세트테이프를 시작으로 고등학교 땐 시디와 라디오로 진화해 온 덕분에 수업을 제외한 대부분의 시간을 음악과 함께 지냈다. 그 시절 내가 듣던 라디오와 뮤지션들의 노래가 지금의 내 감수성에 지대한 영향을 미친 것은 명백한 사실이다. 그 덕에 내 안에는 여전히 소녀가 살고 있다. 비록 외모만큼은 북방계의 기상이 격하게 깃들어있지만. 김건모 2집 시디를 무려 586 펜티엄 컴퓨터로 처음 듣던 그 순간의 황홀경은 너무나도 강렬했기에 앞으로도 도무지 잊지는 못할 것이다. 어두운 방에 가만히 누워 눈 감고 귀 기울이던 그때의 나와 한껏 도취되었던 그 기분과 공기를. 그 뒤로 불 꺼진 방 안에 누워 가만히 음악 듣기를 좋아했다.

애착의 시작은 이렇게 누구에게나 전에는 없던 무언가에 마침내 눈을 뜨게 되는 예기치 않은 순간으로부터 비롯된다. 그것 없이도 잘만 살아왔는데, 이제 그것 없이는 도무지 살 수 없을 것만 같은 피할 수 없는 이끌림. 나는 감사하게도 그런 경이로운 순간을 여태 꾸준히도 맞이하며 또 성실히도 마주하며 살아왔다. 이제 와서 또 어떤 것에 얼마나 새로이 이끌리고 좋아하며 여전히 깊게도 파고들 수 있을지를 감안하면 더욱 잘 살아왔다고 자부한다. 40대에 접어든 내게 또 어떤 새로움이 글처럼 찾아들지 알 수 없지만, 예전보다 더 반가이 맞이하며 살뜰히 대해 주어야겠다. 마르지 않는 샘이란 없고, 언제고 마르게 마련이니까.

　　내일은 또 어떤 일이 하고 싶을지, 나조차도 모르는
　　내일만큼 기다려지는 건 없으니까.

　　물론 애착과 집착은 종이 한 장 차이에 불과해서 다소 위험한 면이 없지는 않지만, 이건 어쩌면 비록 부정적인 개념일지라도 그 안에서 어떻게 긍정적인 면을 이끌어내느냐의 문제에 가깝다. 뭐 하나 좋아하고 즐기는데 필요한 조건이 갈수록 늘어난다는 것은 마냥 피곤하기만 한 일은 아닐 거다. 세부적인 요건이 늘어갈수록 그만큼의 즐거움을 더 가져다주긴 할 테니까. 거저 얻는 즐거움이란 없다. 깨달음이 그러하듯. 즐거움 또한 딱 공들인 그만큼이니까. 나는 오늘도 재즈를 듣는다. 남들보다는 꽤나 복잡한 방법으로.

고독의 발견

　이전에도 여러 번 재즈를 들으려 한 적이 있었다. 지금에 와서 떠올려보면 이른바 명반의 반열에 올라있는 앨범들은 대부분 하드 밥에 속하는, 귀를 찌르는 듯한 나팔 소리가 꽤나 섞여 있어서 초심자에게는 어려울 법한 그런 음악이 많았다. 그때마다 어째서 명반이라는데 내 귀에는 어려운 걸까, 얄팍한 내 수준을 아쉬워하며 다음을 기약해야만 했다. 재즈만큼은 명반으로 시작해서는 실패할 가능성이 크다. 지금에 와서야 들으면 누구나 알만한 귀에 편안한 곡들로 시작해야 한다는 걸 알게 됐지만. 마치 백화점에서 흘러나올 법한 그런 재즈 스탠더드부터. 연주가 예술인만큼이나 명반들도 가히 예술적인 것이 많았다.

　왠지 모를 재즈의 진입 장벽은 사실상 그러한 명반들이 만든 걸지도 모른다. 매니악한 장르일수록 고객 친화적이지 않은 건지, 고객 친화적이지 않아서 매니악하게 된 건지는 여전히 헷갈리지만. 어쨌든 지금의 나는 재즈 없이는 살기 어려운 신세가 됐다. 덕후의 기질이란 그런 것이다. 있다가 사라지는 것이 아닌 여기서 저기로 이동하는 것. 덕후 어디 안 간다. 다만 딴 데로 갈 뿐. 그보다 이 책부터가 걱정이네… 정작 지는 눈만 높아가지고.

세월이 지날수록 새로운 걸 받아들이기가 쉽지만은 않다던데 이는 아마 여러 의미를 내포하고 있으리라. 그 누구도 나만은 그러지 않으리라 마냥 자신할 수는 없다. 언제나 그렇듯 막상 내게 들이닥치기 전까지는. 개인적으로 어디서 뭘 하든 BGM이 흘러나오는 걸 좋아라 한다. 과도한 적막은 오히려 나의 고요를 해치는 관계로. 단지 음의 여백을 채우기 위한 무의미한 가사를 듣는 것이 갈수록 쉬운 일은 아니었다. 영혼 없는 가사는 집중을 해칠 뿐 아니라 어떠한 피로감마저 유발하곤 하니까. 예술이라 일컫는 영역의 파이가 커지는 만큼 진입장벽은 낮아지고 그 숫자 또한 늘게 마련이지만, 가사만큼은 여전히 가사이기 이전에 글이기에 좋은 글이라야 좋은 가사도 되는 거라 믿는다.

그만큼 예술이라는 단어가 내게는 아직 결코 가볍지 않은 동경 그 자체이기 때문에 그 품위가 부디 손상되지 않기를 그저 바랄 뿐이다. 어떠한 창작물을 세상에 내놓기까지는 반드시 그만한 노력과 충분한 고뇌가 따라야 한다고 믿으니까. 무엇이든 저지르고 나면 반드시 책임이 뒤따른다는 걸 우리는 잘 아니까.

예술가는 무엇보다 할 말이 있어야 하고 그것을 자유자재로 표현할 도구도 물론 중요하겠지만 그보다 자신만의 색채를 갖는 것이 먼저라고 믿는다. 그게 아니라면 꼭 나여야 할 이유도 없거니와 전하고 싶은 나만의 메시지가 없을 경우 예술가가 아닌 기술자로 전락할 소지가 다분하니까. 그러니 영혼이 담긴 글이어야 좋은 가사가 될 수 있고, 그런 음악이라야 편히 들을 수 있게 된 것이다. 나는 그렇게 가사와는 점점 거리를 두며 재즈와는 더 가까워졌다.

삶은 고독 그 자체고, 인간은 정적일수록 고독할 소지가 크다. 제아무리 동적인 사람일지라도 고독을 면하기란 불가능에 가깝다는 얘기다. 그렇다면 피할 수 없는 이 고독을 어떻게 해결할 것인가가 관건이다. 자의든 아니든 오롯이 혼자일 때, 내가 원하면 언제든 찾고 기댈 수 있는 대상을 사람으로 삼기란 어렵다. 우리 또한 마찬가지로 누군가가 원하면 언제든 그런 사람이 되어 줄 수는 없기에. 삶은 고독을 통해 나를 들여다보며 알아가는 과정이기에, 가급적 전제는 원하면 언제든 기댈 수 있는, 너무 멀지는 않은 것일수록 좋다. 이를테면, 산티아고 순례 길을 걷는다든가 세계 일주처럼 다분히 계획하에 체계적인 준비가 필요하다거나 여럿이 함께 해야만 가능한 운동 따위가 아닌 일상에 이미 깃들어 있으면서도 혼자서도 가능한 것일수록 좋다.

나는 주로 독서와 재즈 감상에 마음을 기대는 편이다. 공교롭게도 동시에 가능하다는 큰 장점이 있다. 독서 덕분에 경험해 보지 못한 사안에 대해서도 생각할 기회를 얻고 그때그때 필요한 지식을 얻고자 할 때에도 책만큼 좋은 건 없다. 치열한 생을 살아온 이들의 관점과 지성을 꾹꾹 눌러 담은 데다, 퇴고까지 거치며 완성형에 가까워지려는 노력을 기울인 산물이기 때문이다. 하여 제아무리 위대한 작가도 자신의 책처럼 사는 건 어렵다고 했다. 삶은 정작 퇴고를 거칠 수 없기에.

이처럼 위대한 작가들이 영혼을 담아낸 결과물이 책이라면, 누가 뜯어말리더라도 읽을 만한 가치가 있을 거라는 뜻이기도 하다.

아울러 음악은 내게 생각을 홀로 정리할 수 있는 여유를 내어주니 얼마나 다행인지 모른다. 우리는 하루에도 무수히 많은 선택 앞에 놓이고 그때마다 최선의 생각을 할 여유가 주어지지는 않는다. 그렇기 때문에 나중에라도 잊지 않고 다시 꺼내어 곱씹어 볼 필요가 있다. 어떠한 선택을 하든 대가는 반드시 따르게 마련이고, 그보다 더 두려운 건 뒤늦은 후회니까. 이처럼 찰나의 순간에 더 나은 선택을 하기 위한 생각은 선불일 수도 후불일 수도 있지만 후자의 경우는 수습해야 될 규모를 가늠하기 어렵다. 찰나의 순간을 위한 사고의 선납, 그를 위한 바쁜 고독. 인간이 공부하고 생각하는 이유도 단지 올바른 선택을 하기 위해서라 믿는다.

미처 생각해 보지 못한 것에 대해서는 곧바로 답이 떠오르지 않는 법이니까.

마흔 가까이 이르러서야 나는 누구인가라는 질문에 대한 답을 찾으려 애를 썼고, 지금도 어떻게 살 것인가가 가장 큰 고민이다 보니 오히려 여느 때보다 더 학생처럼 살 수밖에 없다. 누가 등 떠밀고 시켜주는 공부란 얼마나 쉬웠던 것인가를 이제야 뼈저리게 느끼지만 와중에 너무 재밌다. 자의적인 고독을 온전히 즐기며, 그 시간을 어떻게 해서라도 더 만들고자 용쓰며 살아가는 지금이 너무나도 좋다. 눈과 귀만 제 몫을 오래 해준다면 내게 주어진 남은 인생도 늘 바쁘고 즐거울 것만 같다. 음악과 책이 있고 건강한 내가 있어 새삼 감사한 삶이다.

창작은 고독을 통해서만 나온다. 다름 아닌 나를 표현하는 도구이기에, 자신을 잘 모르는 이에게는 쉽지 않은 일이다. 내가 관찰하고 받아들인 세계를 나만의 세계관으로 정제시킨 다음, 세상으로 내보내는 과정이 곧 창작이기에. 마땅히 남달라야 하기에. 내 안에 나를 오롯이 끄집어내기 위해 필요한 건 오로지 고독의 시간뿐이다. 창작이란 나다움이니까. 고독을 통해서만 자신을 들여다볼 수 있고, 그렇게 들여다본 다음에야 비로소 나다운 걸 할 수 있게 마련이다. 고독과 외로움은 본질적으로 다르다. 고독은 어디까지나 자의적 선택이고, 외로움은 지극히 수동적이다. 스스로 고독할 때에만 성장할 수 있다는 얘기다. 무언가에 몰두하

게 되면 여지없이 고독과 마주하게 되고 그 고독한 시간만
이 인간을 성장시키니까. 고독이라는 껍질을 깨고 그 안에
나를 발굴해 내는 숭고한 과정, 무언가를 만듦으로 인해 나
라는 존재의 흔적을 세상에 잠시나마 남겨둘 수 있다면 삶
은 풍요로울 것이다. 들을 수 있는 한, 읽을 수 있는 한, 쓸
수 있는 한, 만들 수 있는 한 우리는 행복할 테니까.

마음이 시키는 대로

어른은 스스로 깨우쳐야 비로소 배울 수 있고, 그렇게 직접 깨달아야지만 정작 행할 수도 있다고 믿는다. 어린아이라고 해서 꼭 더 쉬우리란 법은 당연히 없지만서도. 어쨌든 깨달음과 반성이 선행되지 않는 한 발전을 기대하기란 어려운 법인데, 나부터도 그렇듯 살아온 세월이 길면 길어질수록 변화를 꾀하는 것이 쉽지만은 않다. 무릇 깨달음이란 스스로가 아니고서는 불가능한 자각에서 비롯되는 것이고, 이는 평소에 품고 있던 생각만으로는 쉽게 이뤄지지 않는다. 더군다나 우리가 할 수 있는 직접경험에는 명백한 한계가 있다. 현대인이라면 누구나 늘 바쁘고 한정된 시간과 공간 안에서만 주로 생활하기에.

책을 읽든 영화를 보든 여행을 가든 상관은 없다. 그저 기존에 알고 있던 것도 새로운 시각으로 바라보고, 그것을 곱씹으며 한 번 더 생각해 볼 수 있는 환경으로 스스로를 몰아세워야 한다. 하다못해 드라마를 봐도 된다. 어떠한 형태의 매체든 상관없이 나만의 세상 이외에 그들이 사는 세상도 바라보고 느낄 수만 있다면 그 또한 훌륭한 간접경험이 될 테니까. 그렇지 않고서는 생각하던 대로만 그저 살던 대로만 그 안에 갇혀서 살게 될 가능성만 커질지 모르니. 애든 어른이든 오롯이 내 마음이 동하지 않고서야 아무리 좋은 말을 들을지언정 막상 실천하기 어렵긴 마찬가지다. 이 넓디넓은 세상을 부디 온전히 바라보고 오롯이 나만의 생각으로 곱씹어 가며 누가 시키지도 않은 일을 꿋꿋이 해나가기 위해서는 먼저 내 마음이 어디에 동하는지부터 면밀히 들여다보아야 한다.

섬유산업이라는 큰 범주 안에서도 제직 분야, 그중에서도 하필 원단 분석을 일로써 먼저 접한 건 지금에 와서 돌이켜보면 부정하기 힘들 만큼 큰 행운인 것은 사실이다. 그 덕에 대구에서의 초기 4년 동안 분석과 생지 판매를 병행하며 다양한 원단을 접했을 뿐만 아니라 그만큼의 중간 고객들도 접할 수 있었다. 그렇게 2년을 먼저 보내고 나서는 이내 답답함을 느끼게 되었고, 여기서 가만히 입만 벌리고 있어서는 안 되겠다는 판단이 섰다. 다음 1년은 서울 상경을 전제로 한 회사 내부적인 설득 과정을 거쳐야 했다. 생지 판매 비율이 95%에 육박하는 공장에서 생지 판매란 내수, 수출을 가리지 않는 불특정 다수의 고객을 상대로 하는 일인데다, 월 평균 생지출고량이 150만 야드에 육박한다면 그 불특정 다수에 해당하는 중간 업체들의 수는 실로 어마어마한 것이라, 당시 산찬섬유 입장에서는 마냥 반길 수만은 없는 그리 단순한 문제가 아니었던 것은 사실이다.

하지만 나는 젊고, 이미 마음이 동한 것을 또 어찌 외면한단 말인가? 설령 내가 고객에게 직접 다가선다고 해봐야 얼마나 많은 고객사를 상대할 수 있을 것이며, 당시 산찬섬유 고객사 모두의 마음을 보듬기에는 원단 자체가 너무 재미있을 뿐 아니라 너무 젊었다. 나는 그렇게 시작점에서부터 외부의 반대를 포함한 무성한 풍문들에 휩싸였을 뿐만 아니라 그보다 더 넘어서기 힘든 내부의 벽을 뛰어넘어야만 했다. 짧지 않은 설득을 마치고 나서야 비로소 상경 준비에 나설 수 있게 되었다. 애초에 인테리어를 하지 않은 사무실은 고객을 맞을 준비가 되어있지 않은 거라 믿고 산찬섬유 리모델링부터 먼저 마친 터라, 당시 내 입장에서 선택지는 오직 성수동과 구로디지털단지뿐이었다. 애써 인테리어를 해놓고는 쫓겨나는 불상사를 맞지 않으려면 매매밖에는 대안이 없었다. 그렇게 하지 않으면 내 성에 찰 만큼 고객을 만날 준비를 할 수 없으니. 끝없는 준비 동작에 대한 집착과 사랑은 어쩌면 이때부터 시작된 것일지도 모르겠다.

나는 비록 모든 걸 다 잘하는 사람은 아니지만, 다만 내가 사랑하는 것에 한해서는 강한 집착을 보이며 또 깊게 파고든다. 그러자면 반드시 필요한 누가 시킨 일도 아니거니와 티도 나지 않는 나만의 준비 동작을 자주 상상하고 즐긴다. 척박한 아스팔트 위에 상상과 불안으로 피우는 꽃, 내가 사랑하는 준비 동작.

오늘 상상하지 않으면 내일은 수습만 하다가 끝날 지도 모른다. 예방은 오직 벌어지지 않은 일을 미리 상상할 때만 가능하니까.

세월이 쌓이는 만큼 말에는 책임과 무게만 더해갈 뿐이다. 일상적인 대화를 나누다가도 어쩌다 다 큰 어른에게 조언 엇비슷한 걸 하고 싶어지는 위기가 찾아오게 마련이지만. 어쩌면 그 자체가 받는 입장에서는 온전히 와닿기도 쉽지 않을뿐더러, 애초에 원하지도 않았을 소지가 다분한 조심스럽고 민감한 일이다. 더군다나 개인적으로 가까이 지내는 후배나 지인도 아닌 직장 동료와의 대화라면 더. 얼마 전 TV프로그램 '유 퀴즈 온 더 블럭'에 나온 중학생이 말하는 잔소리와 충고의 차이처럼, 잔소리는 왠지 모르게 기분 나쁜데, 충고는 그보다도 더 기분이 나쁜 것일 수 있기에. 게다가 나와 같은 입장, 남들이 나를 보는, 업계에서 2세를 바라보는 관점을 의식해서는 더욱 조심스러운 일이다. 그래서인지 지금의 나는 누가 먼저 물어보지 않은 다음에야 주로 입을 닫고 사는 편이다.

편견이란 말은 바꿔 말하면 모종의 기대 섞인 선입견이기도 하다. 미리부터 어떤 사람일 거라는, 어떤 사람이어야만 한다는 기대 아닌 기대 그리고 거기에 어떤 뉘앙스가 담겨있는지 너무나 잘 알고 있기에, 스스로 경계해야 하는 부분들이 적지는 않아서 적어도 열심히는 살았다. 하지만 제아무리 스스로 깨우치고 터득하면서 그걸 토대로 행했다고 한들 그러한 편견들을 뛰어넘어서까지 바라봐 주기를 바라는 것은 그저 나의 욕심이란 걸 잘 안다. 그럼에도 불구하고 내 나름의 소신대로, 어렵게 배운 것일수록 쉽게 나누고자 하는 마음까지는 한 번 욕심을 내봐도 무방하지 않을까 싶어서 말로는 다 전할 수 없는 이야기들을 글로나마 남긴다.

다만 글을 써 내려가고 있는 지금까지도 마음속에 폭풍이 일었다가 또 잦아들었다가를 끊이지 않고 반복하고 있으므로, 그때그때 써둔 글들을 고이 모아두었다가 마지막에 분류해 볼 생각이다. 모두의 공감을 받는 문장을 쓰는 것은 애초에 불가능한 일이겠지만 누구의 시선을 두려워한 적도 없거니와 일일이 설득하고 싶었던 적 또한 없었으니, 여태 그래왔듯 그저 내 마음이 시키는 대로. 성실히 응하며 동해 버린 마음에.

그래, 결심했어!

90년대 홍행했던 TV프로그램 '인생극장'에서 주인공이 생의 기로에 놓일 때마다 중대한 결정을 하는 바로 그 순간에 외치던 말이자, 그 당시 뭐만 하면 외쳐대던 엄청난 유행어였다. 대부분은 선과 악 그 사이 어디쯤 가까운 선택인지에 따라 권선징악에 가까운 결말이었던 걸로 어렴풋이 기억한다. 허나 우리의 삶은 인생극장처럼 선택에 따른 두 갈림길 모두를 확인할 수는 없기에 인기를 끌 수밖에 없지 않았나 싶다. 가끔은 나도 그때 다른 선택을 했던 또 다른 내가 살고 있는 세상이 괜스레 궁금해질 때가 있으니 말이다. 사람은 누구나 그렇게 후회하며 또 자책하며 살아가니까. 자신이 캐나다로 떠나게 될 줄은 당시 주인공이었던 당신조차 알지 못했을 테니.

사리분별 정도는 할 줄 아는 이른바 어른이 되고 나서부터는 모든 게 선택의 문제다. 늘 최고의 선택을 할 수는 없더라도 무엇이 더 옳고 바른 길인지 이제 조금은 알게 되었으니까. 다만 누구나 자신에게 더 맞는 선택을 하고 또 그에 따르는 책임을 마땅히 지며 살아가는 것이 어른이라 믿는다. 애초에 죽기 전까지 과연 어른이 될 수 있을까라는 의문을 품고 살아가는 지금의 내가 할 수 있는 최선은 그저 최대한 내가 아는 나다운 결정을 하며 나답게 살아가려 노력하는 것뿐이다.

최고는 아니더라도 늘 최선은 다하며 하다못해 차선의 선택까지는 될 수 있도록 생각에 생각을 거듭하며. 위인전을 읽은 내가 비록 위인은 되지 못했더라도 누군가에게 좋은 사람 정도는 되어줄 수 있을 테니까.

중요한 것은 어디까지나 스스로를 잘 알아야 한다는 것이다. 그런 다음에야 타인도 보살필 수 있을 테니. 결과를 얼마나 겸허하게 받아들일 수 있는지 또한 그 선택을 하기까지의 과정에서 스스로 얼마만큼 치열하게 고민하고 선택 또한 스스로 내렸는지가 관건이리라. 아니, 전부이리라. 내일의 내가 오늘의 나를 덜 미워하게 할 방법 또한 아무리 생각해 봐도 오직 생각 또 생각뿐이다. 말과 글이 단지 생각을 표현하는 도구에 불과하듯, 선택과 그에 따른 행동 또한 거기에 이르게 한 생각이 전부일 테니. 다름 아닌 생각 그 자체가 곧 내가 어른스럽고 겸허하게 받아들여야 할 결과라고 생각하면 무겁지 않을 수 없다. 또한 그렇게 오늘을 무겁게 살아야지만 내일의 나는 더 가뿐히 살 수 있으리라 믿으며 다시금 생각을 더해보는 수밖에.

나의 산티아고

〈나의 산티아고〉가 개봉했던 2016년, 건대에 살던 나는 집 앞 롯데시네마 아르떼관을 가끔 찾곤 했다. 요즘 아르떼관은 프리미엄화되어 가격도 좀 더 받고 하는 모양인데, 그 당시만 해도 개봉관을 많이는 얻지 못하는 비주류 영화들을 주로 상영하는 그저 조그마한 극장이었다. 나는 또 그걸 그냥은 지나치지 못하는 마이너한 취향의 인간일 뿐이고.

대형 사건 하나를 위주로 끌고 가는 큰 영화는 지금 당장 찾아보지 않더라도 살면서 언젠가 한 번쯤은 만나게 마련이다. 명절에 TV를 통해서든, 장거리 비행 중 기내에서든. 그 시절엔 괜스레 영화 한 편이 생각날 때면 아르떼관에 어떤 걸 상영하는지 먼저 살펴본 다음 그중에 한 편을 골라보곤 했다. 그러니까 딱히 목적 있는 관람이라기보다는 적당한 한 편을 골라서. 그것도 기본 정보조차 찾아보지 않은 채 주로 포스터만 보고서. 괜히 쿨해 보이고 싶어서였던 건

지는 정확히 기억나질 않지만, 그렇다고 해서 그럴 소지가 아예 없는 것은 아니다. 여행을 목적 없이 하는 것까지는 되게 어려운 일이겠지만, 영화 한 편 보는 것쯤이야 어렵지 않게 할 수 있는 일이니까.

지금에 이르러서는 기본 정보도 아예 없이 영화를 관람하기란 실로 어려운 일이다. 기본적인 정보는 차치하더라도, 좋든 싫든 스포나 당하지 않으면 오히려 다행일 정도로. 그러니까 어두운 상영관에 앉아서 내가 알지 못하고 예측하기도 어려운 영화가 시작되길 기다리는 일은 그 자체만으로도 일종의 설렘을 안겨준다. 때로는 모름다움이 아름다움을 이기기도 하는 법이니까.

〈나의 산티아고〉 영화 내용은 대략 이랬다. 최고의 전성기를 구가하던 뚱뚱한 코미디언이 쓰러지면서 수술을 받게 되었고, 그렇게 강제로 얻게 된 휴가 중에 자신이 번아웃임을 깨닫게 되면서 급기야 산티아고 순례길에 오르게 되는 이야기. 남을 웃기는 것 외에는 모든 게 서툴렀던 그가 갑자기 그 먼 고행의 길을 떠났으니, 당연히 우여곡절이 여럿 따르면서 한편으로는 또 어떠한 깨달음을 얻게 되는 그런 이야기. 어떻게 보면 되게 뻔한 이야기일 수도 있지만, 그 당시 나는 그게 되게 좋았나 보다. 그 뒤로는 며칠씩이나 산티아고를 검색해 가며 관련 서적이랑 굿즈들도 여럿 사 들였으니.

나도 그때가 한창 일을 많이 하던 시절이었다. 호기롭

게 서울 진출을 선언한 뒤 필요할 때 필요한 운까지 찾아와 준 덕분에 빠르게 자리를 잡아가면서 일도 참 많이 하던 그 시절, 서른다섯이었다. 실은 지금 이걸 쓰면서 몇 살이었는지를 따져보니 참으로 소름 돋는 일이 아닐 수 없다. 나는 어째서 그토록 용감할 수 있었던 걸까. 서른셋에 상경을 하고 나서부터는 내가 한 번도 경험해 보지 않은 일의 연속이었고, 그때마다 나는 당장 내가 할 수 있는 최선의 선택을 어림잡아서라도 해내야 했으며, 그다음은 그저 열심히 해볼 따름이었다. 실은 퇴로도 끊어내다시피 주변인들조차 말리는 와중에 도전을 감행했던 터라, 달리 방법이 없었다. 실은 잘되지 않으리라는 생각을 해 본 적도 없었거니와 만에 하나 그랬더라면 아마 업종 자체를 바꿨을 가능성이 크다. 아니, 확신한다. 그렇다고 해서 일이 잘된다고, 돈이 벌린다고 마냥 행복한 것만은 아니구나, 꼭 행복에 비례하는 것만은 아니구나를 여실히 깨닫게 된 게 아마 2019년쯤이리라.

그즈음 본격적으로 산티아고를 꿈꾸기 시작했다. 그렇다고 해서 꿈을 막연히 꿀 수 있는 타입은 아닌지라, 아식스 강남 직영점 가서 막 발 측정도 하고 그랬다. 그렇게 푹신한 거 한 켤레랑 딱딱한 것까지 한 켤레를 더 샀다. 맥시멀리스트 어디 안 가고, 진짜 어딜 가게 된다면 한 켤레만으로는 부족하니까. 그거 신고는 도쿄 시장조사 가서 대빵 큰 배낭도 사고, 거기다 샘플 산 거 꽉꽉 채워 종일 걸어 다니며 연습하곤 했다. '오, 생각보단 해볼 만하겠다'며. 그러고 나서야 대체 며칠을 비워야 되는지 계산도 해보고 그랬다.

"봄 4/15~5월 말이 가장 좋음, 봄꽃이 피는 순례길
가을 8/20~11월 초까지, 걷는 도중 비를 만날 가
능성이 적음"

당시 실제로 메모해 두었던 내용이다. 나란 인간은 뭘
하든 뭘 찾든 무조건 메일에 남겨두는 편이라 원한다면 언
제든 이렇게 다시 찾아볼 수 있다. 그리고 이렇게 가끔 다시
꺼내보고 있노라면, 그 당시 나의 뇌 구조를 열어보는 느낌
이라 참 재밌다.

결국 가지는 못했다. 아니 안 간 건가, 아무튼. 당시 아
내도 내가 버거워 보였던 건지 의외로 허락까지 쉽게 받아
냈었는데. 생애 단 한 번만 갈 수 있는 곳이라고 가정한다
면, 어쩌면 그때 안 가길 잘한 걸지도 모르겠다. 당시 모자
란 나로서도 그 길 위에 고단한 내 모습을 여러 번 상상해
봤었는데, 결정적인 깨달음을 얻어야 될 그 순간에 혹시 내
가 욕만 하고 있지는 않을까 하고 합리적 의심을 했었으니
말이다. 최근에 도쿄 시장조사를 2박 3일 가보니 3년 전이
랑은 체력적으로 또 다르긴 하더라. 순례길을 걷는다는 것
은 길 위를 걸어가는 그 마음도 물론 중요하겠지만, 엄연히
체력이 먼저 받쳐줘야 되는 문제이긴 하니까. 지금 생각해
보면 그때의 나는 정작 마음의 준비가 전혀 되질 않았었고,

지금의 나는 마음만큼은 얼추 준비가 된 것 같은데 슬프게
도 체력이 엄두가 안 난다. 이제는 거길 다녀오면 책도 한
권 나올 것 같고 막 그런데. 하하.

　이제는 그게 꼭 산티아고일 이유는 없다. 더군다나 나
는 예나 지금이나 종교를 믿을만한 인간도 아니거니와 그
시절 나는 고작 그것 외에는 아는 게 없었던 탓에, 막연한
해방구를 꿈꿨던 것 같다. 와중에 때마침 눈에 들어온 게 산
티아고였을 뿐이고, 이제는 꼭 그게 아니어도 상관은 없다.
지금 내 곁엔 책티아고도 있고, 글티아고도 있으니까. 내가
원한다면 언제고 찾을 수 있는 것들이라 더욱 뜻깊고 소중
한 것들. 산티아고처럼 특별한 시간과 노력을 들이지 않더
라도, 그 안에서 나는 재미지게 놀 수 있고 몰입하며 생각을
거니는 동안의 나는 행복하니까. 얼마 전 이동진 평론가가
여행은 행복이 아니라 쾌락에 불과하다고 얘기한 것처럼,
사람이 어쩌다 운이 좋아야 한 번 주어지는 일만을 기대하
며 살 수는 없는 노릇이다.

　내게 있어서도 오히려 여행하는 그 순간보다는 떠
　나기 전 그곳을 상상하며 준비하는 시간이 더욱 즐
　겁다.

장담컨대 지금 간다면 아마 하루는 걷고, 하루는 쉴 것 같다. 나란 놈은 필시 쓴다는 핑계로 자꾸만 더 쓰려고, 쓰면서 실은 쉬려고 들겠지. 하하. 다만, 산티아고를 떠올리며 이런 상상을 하는 것만으로도 나는 여태 받고 누린 게 너무 많은 탓에 되려 이제는 조금 두렵기까지 하다. 그 길을 밟고 있는 내가 정작 어떤 기분일는지는 가보기 전까진 알 수 없으니까. 한 번도 내 것이었던 적 없는 고마운 나의 산티아고. 이제는 어쩐지 콜라 같기도 해서 차마 나라는 멘토스를 넣어보기가 두려운 나의 산티아고.

　거봐, 다녀왔으면 이 글도 없었을 거라고.

4부

아름다운 **것들**

소재의 인문학

- 나의 고백

아무리 얼굴을 맞대고 살아도 서로 아는 게 너무 없는 가족도 있다. '아는 건 별로 없지만 가족입니다' 라는 2020년에 방영한 드라마 제목은 나의 지난날을 되돌아보게 했다. 내가 나고 자란 식구를 지금의 나는 얼마나 알고 있는 걸까를. 우리는 이렇게 늘 곁에 있는 사람도 의외로 잘 모르면서도 잘만 살아간다. 늘 곁에 있어서 가족이지만, 정작 늘 곁에 있다는 같은 이유로. 그리고 이내 일도 마찬가지가 아닐까란 생각으로 이어졌다. 우리는 살아가며 때로는 말을 하지 않음으로도 말을 해내는 기적의 방법을 터득하기도 하니까.

가까운 사이일수록 더욱 그렇다. 아니, 가까운 사이가 아니라면 애초에 불가능한 일이겠지. 서로가 서로를 잘 모르면서도, 서로 모름을 서로 탓하며. 꼭 말로 해야 아는 거냐는 뻔한 말과 알량한 생각으로. 글을 쓰게 된 동기도 어쩌면. 표면적으로는 같은 업일지 몰라도 서로가 맡은 분야도 감내하는 고통도 서로 다르기 때문에. 다만 분하고 안타까운 것은 그 고통 안에 정작 있어야 할 고객은 없고, 당장 지금이 괴롭고 힘든 너와 나만 있는 것은 아닌지를 느낄 때다. 무의미한 감정 소모라면 대체 그게 무슨 소용인지. 고통은 마땅히 제품과 그것을 사용할 고객을 향할 때에만 쓸모가 있는 것인데.

인생은 고통이고, 일이라고 해서 별반 다를 리는 없다. 다만 간절히 바랄 뿐이다. 마냥 헛되지만은 않은 쓸 만한 고통이기를. 어차피 안고 갈 고통이라면, 서로의 고통이 서로를 갉아먹는 안타까운 상황에서 벗어나 그 고통이 제품과 고객에게도 유용하게 쓰이기를. 어쩌면 우리는 서로 다른 차선을 타고 저마다 다른 행선지를 향해 있었던 건 아닌지. 어쩌면 우리가 진정 몰랐던 건 고객이 아닌지, 저 필요할 때만 가족을 들먹이면서. 아니면서.

2020년 8월 18일에 쓴 「슬기로운 섬유생활」을 기점으로 여태 내가 품어온 생각들이 한 권의 책이 될 수 있다면, 현업에 있는 다른 누군가도 저마다의 시각으로 이어주었으면 하는 발칙한 꿈을 꾸고 있다. 그러던 지금은 어찌 됐든 2년 남짓한 시간이 흘렀고, 다만 12개의 글로나마 출판사와 처음 교류를 시작한 지 몇 달이 지난 지금에 이르러서는 50개에 달하는 글을 부지런히도 쌓아왔다. 한 분야의 전문가가 되기 위해서는 최소한 1만 시간의 훈련이 필요하다는 1

만 시간의 법칙으로 환산해 봐도, 매일 3시간씩만 잡아도 10년이면 충분히 도달하고도 남을 시간이다. 또 그걸 차치하더라도 하나의 직업을 10년 이상 꾸준히 해 온 사람이라면 분명 저마다 할 말이 있을 거라 믿어왔고, 쓰면 쓸수록 언제가 됐든 결국 나는 쓸 수밖에 없었겠구나를 실감하고 있는 요즘이다.

경력으로만 따져봐도 12년은 된 셈이고, 나름 안주하지 않고 언제나 스스로를 새로운 환경으로 내몰아 왔다고 자부한다. 번뇌는 많았을지언정, 일말의 후회는 없다. 애초에 대구에서 생지 영업만 하고 사는 게 가능했다면, 모두가 뜯어말리는 와중에 서울까지 올라올 리 없었을 테니. 나눌 수 없는 지식은 지식이 아닌 것처럼 스스로 선택한 도전의 시간들을 견디며 자라온 나의 생각들 또한 나만의 것으로 두어서는 안 된다고 오래 생각하고 또 믿어왔다.

사람은 누구나 늘 새로운 문제들을 마주하고 살아가지만, 각자를 괴롭히는 본질에 있어서만큼은 크게 다르지 않을 거라 믿는다. 더군다나 원단이라는 민감한 대상을 예민하게 다뤄야만 하는 섬유인들이라면 더욱이. 개발을 할 때도 납품을 할 때도 마찬가지지만, 고백건대 나의 예민함은 언제나 고객으로부터 나온 것이었다. 재현산업에 있어서 돌발 상황은 언제나 노후화된 기반설비의 한계에서 나온다고 가정하거나 인정하고 수긍하기를 끊임없이 요구받지만, 바이어를 생각한다면 그 모든 것들을 다 인정해 줄 수도, 인정해서도 안 되는 노릇이다. 왜? 내가 먼저 이해하고 난 다음에야 누구를 설득도 할 수 있는 법인데, 시작도 하기 전에 내가 먼저 나서서 낮은 한계를 설정해 두고, 고객에게 오더를 바라고 결제를 바라는 것을 업이라고 하기에는 꽤나 민망한 일이기 때문에.

결국 어떻게든 글을 쓸 수밖에 없었을 거란 이유도 바로 여기에 있다. 첫째, 업계 환경과 설비가 나아지지 않는 이상 언제나 낮은 목표를 설정할 수밖에 없고, 그것은 늘 고객의 양해를 전제로 한다는 점이 다름 아닌 둘째다. 이 논리 아닌 논리는 늘 무적에 가까워서, 이에 동화되지 않고 이 업을 유지하며 독야청청 살아가리란 결코 쉽지 않은 일이다. 이를 인정하고 받아들이지 않는다면 우리를 둘러싼 그 모든 상황에 매번 의문을 품어야 하기 때문이다.

인간은 늘 제가 가진 능력보다 희망 사항이 더 크다지만, 그렇다고 해서 내일은 더 나아질 거라는 희망을 그저 막연하게 품을 수는 없는 노릇이다. 하지만 늘 나를 괴롭혀 온 문제의 본질을 깨닫기까지는 너무 오랜 시간이 걸렸다. 동시에 바라서는 안 되는 두 가지를 바랄 수밖에 없는 현실의 누추함은 오늘도 여전히 나를 괴롭힌다. 이러한 본질적인 모순을 깨뜨리지 않는 이상 우리는 꿈을 꿀 수도 없고, 아득히 먼 곳에 있는 고객에게 한 발도 다가서기 어렵다.

원단만큼 인간을 위한 인문학적 기술이 없다고 믿는다. 사람을 위한 제품이 고객 가치를 염두에 둔 공정으로 유지

되고 이어질 때 비로소 사람의 마음에 가닿을 수 있을 테니까. 노후된 설비보다 무서운 것은 그것을 방패 삼아 어느 누구도 고객 가치를 고려하거나 내세우지 않는 풍토다.

오늘보다 더 나은 내일은 변화를 기반으로 한다.

그리고 그 변화의 시작은 늘 올바른 문제 인식부터가 먼저다. 오늘의 불편을 개선하는 것이 다름 아닌 변화라면 우리가 전제로 하지 말아야 할 것들을 먼저 제외하고 나서야 제대로 된 문제 인식이 가능할 것이다. 솔직하지 않은 문진에 제대로 된 처방을 기대하긴 어려운 법이니까. 어쩌면 나는 그 누구도 이야기하지도 바라지도 않았던 이런 불편한 이야기들을 통해 원단과 고객을 바라보는 업계의 관점과 태도에 변화를 바라는 큰 꿈을 꾸는 것일지도 모른다. 그리고 바라건대 다만 누구도 먼저 얘기를 꺼내지 않았을 뿐 비슷한 꿈을 꿔온 이들이 여태 숨죽이고 있었노라며 어떤 방식으로든 앞다투어 나와주길 기대해 본다. 그래도 될 일인지는 모르겠지만.

나름의 영혼을 담아 업을 해왔지만 12년의 시간을 견디며 자라온 나의 생각을 글로 정리하는 데는 몇 달이 채 걸리지 않고 있다. 아울러 여태 써 내려온 글보다 앞으로 쓸 수 있는 글이 더 적을 것임을 직감한다. 만약 더 쓰고자 한다면, 또 그만큼의 시간을 살아내야지만 가능할 테니까. 다름 아닌 지금이 써야 할 때고, 쓰는 이유 또한 마찬가지다. 오늘이 아닌 내일 그리고 시간이 더 지날수록 식어가는 마음만큼이나 현장감은 더 떨어지고 말 거니까. 이미 눈치챘을지도 모르겠지만, 원단만큼은 여전히 사랑하지만 섬유에 대한 애정을 예전만큼 유지하고 붙들고 있기가 마냥 쉽지만은 않다. 돌이켜보면 늘 짝사랑이었다. 'Non, je ne regrette rien.' Edith Piaf의 노래처럼 그럼에도 나는 후회하지 않는다, 어떠한 것도. 언제나 뜨거웠고, 단언컨대 내가 할 수 있는 최선이었다.

성공한 우리의 실패담을 위하여

사람은 누구나 달콤한 말을 좋아한다. 위인전은 흔히 있지만 악인전이 없는 이유도 이와 깊은 연관이 있을 것이다. 성공담도 마찬가지다. 말을 하는 이의 입장에서도 듣는 이의 입장에서도 성공담이 더 마음이 편하리라 생각한다. 요즘 같은 세상에도 어쩌면 섬유처럼 어쩔 수 없이 원시적인 공정을 거칠 수밖에 없는 재현산업에서는 성공담도 물론 중요하겠지만, 살짝은 맵더라도 실패담 또한 못지않게 중요하다. 인생은 늘 실전이니까. 어쩌면 그보다 더 중요하고 필요한 것은 어떠한 형태로든 자신의 경험을 남기고 나눠주는 것이다. 성공담이든 실패담이든 가릴 것도 없이. 존경받는 교사가 되는 길은 당연히 어렵겠지만, 실패담이나마 나의 경험을 반면교사로 남겨두는 일은 그보다는 훨씬 쉬운 일이다. 아쉬운 실패를 우여곡절 끝에 하게 된 출고와 함께 소주 한 잔에 그냥 흘려보내지는 말고, 어떠한 형태로든 꼭 붙잡아서 남겨둔다면 그 또한 훌륭한 길잡이가 될 테니까.

실패담은 아마도 마냥 밝은 얘기이긴 어렵겠지만, 어떻게든 궁극적으로 이 업을 환히 밝힐 수만 있다면 그것은 더 이상 어둡기만 한 나만의 실패담은 아닐 것이다. 혹시라도 이 글에 용기를 얻은 어느 누군가가 뭐라도 남길 수만 있다면, 그로 인해 성공한 글이 될 것이다. 누구든 도와달라. I am still hungry.

나는 유시민 작가를 좋아한다. 대구 토박이, 이른바 TK 출신임에도 불구하고. 그의 말과 글을 좋아한다. 정치적으로 성공한 것도, 그렇다고 해서 모두의 사랑을 받은 것은 더더욱 아닌 오히려 미움만 더 받은 사람에 가깝다만, 그런 그를 여전히 좋아하는 이유는 그의 뜨거운 짝사랑을 보았기 때문이다. 세상이 뭐라 하건 개의치 않고 미움받는 두려움조차 없이 그저 세상을 뜨겁게 사랑하는 것을 보았기 때문이다. 비겁한 사람이었다면 과연 그렇게 할 수 있었을까? 아니면 보편적으로 사랑받는 방법을 모를 만큼 어리석은 사람이라 그렇게 했을까? 나는 둘 다 아니라고 본다. 세상을 진심으로 사랑했기에, 그럼에도 불구하고의 길을 도무지 갈 수밖에는 없어서, 오히려 수동태에 가까운 짝사랑을 하게 되었을 거라고 믿는다. 우리가 접한 위인전의 결말에는 아마도 이와 같이 아쉬운 짝사랑은 없었을 것이다. 각고의 노력 끝에 어떠한 답이나 보상을 얻게 된 사람만이 위인으로 남아 위인전이라는 성공담에 담기지 않았을까? 그렇다고 아쉬운 짝사랑이라고 해서 꼭 실패한 것만은 아닐 것이다. 사랑하라. 이왕이면 뜨겁게. 다만 그 결과를 두려워하기보다는 뜻뜻미지근해지는 것을 오히려 더 경계하며.

반대로 실패담은 이런 것이다. 뜨거운 짝사랑을 봉인해서 아름다움 그 자체를 고이 보존하는 것. 결과와는 상관없이 그 자체로도 충분히 아름다운 것이라 보존할 만한 가치가 있는 것. 남겨야만 한다. 서글픈 고통 위에 쓸모라는 꽃이 필 수 있도록. 뜨거웠던 날의 실패담은 곧 누군가에게는 아름다운 성공담을 위한 밑거름이 될 거니까. 바둑을 복기하듯 저마다의 기록이 지금도 애를 쓰고 있을 누군가에게는 보탬이 될 수 있도록. 비록 같은 지식을 갖고 있을지언정 직접 경험한 이와 간접적으로 경험한 이의 차이는 크다는 것을 우리는 잘 알고 있다. 그러면서도 후배들에게는 경험이 부족해서 그런 거라며 심심찮게 핀잔을 주기도 한다. 둘 중에 하나만 해야 선배로서 면이 서지 않을까?

어렵게 배워서 쉽게 나눠야 한다.

아무것도 얻지 못하는 실패란 없고, 복기만 한 스승도 없으니까. 빛과 그림자는 늘 함께한다지만, 꼭 빛이 먼저가 아니더라도 그림자 위에 그 빛을 따라 비출 수 있을지도 모를 일이다. 기꺼이 타인의 그림자가 되어, 그가 빛이 될 수 있도록.

제때 기록하지 않으면
완전히 휘발될 거란 생각이 들었어요

역시 인간의 기억력이란 믿을만한 것이 못 된다. 간밤에 유튜브를 켰다가 내가 좋아하는 주호민 작가가 유퀴즈에 나온 섬네일을 보고 눌렀다. 본인 스스로는 전직 웹툰 작가였고 현재는 유튜버라고 소개를 했지만 웹툰을 통해서든 영화를 통해서든 '신과 함께'를 접해본 사람이라면 그저 유튜버라고 부르기에는 그 어감이 너무 가볍고 충분하지 않다는 사실에 쉽게 동의할 것이다. 늘 밝고 천진난만하며 주변 사람들을 편안하게 해주는데다 친절하기까지 한 사람. 하지만 그렇다고 해서 결코 가벼워 보이지는 않는 사람. 나는 죽었다 깨나도 가질 수 없는 밝음과 선한 맑음을 가진 사람. 누군가 지금 내게 악의가 없어 보이는 사람을 떠올려보라면 아마도 주호민 작가가 먼저일 것 같다. 더군다나 얼마 전 '재즈란 뭐죠'란 질문에 이은 재즈 스캣을 뜻밖에 너무 유려하게 구사해 버리는 바람에 대한민국 재즈 열풍을 불러온

장본인이기도 하다. 공교롭게 그도 재즈를 좋아한다니 마음을 안 주려야 안 줄 수가 없다.

간밤에도 역시 밝은 웃음을 먼저 주다가 아이들 얘기를 꺼냈는데 첫째가 자폐란다. 그것도 판정을 받은 시기가 하필 〈신과 함께〉 영화 흥행이랑 겹쳐서 감정의 파도가 컸었다는 고백과 함께. 그리고 자신으로서의 주호민은 그때 쓰러졌고 아버지로서의 주호민으로 다시 일어선 계기였다고 했다. 신생아는 너무 빨리 자라므로 처음 아빠로서 느낀 그 감정을 허투루 놓치고 싶지 않은 나머지 웹툰으로 기록까지 했던 그가 얼마 전까지만 해도 은연중에 둘째 얘기만 하던 자신을 아내를 통해 발견하고는 그렇게 부끄러울 수가 없었다는 고백과 함께. 역시나 가장 멋졌던 부분은 유튜브로 다 할 수 없는 이야기가 생기면 언제든 웹툰을 다시 그릴 수 있다고. 이런 사람이 작가가 아니면 대체 누가 작가란 말인가? "그때 기록하지 않으면 완전히 휘발될 거란 생각이 들었어요."라는 말을 듣고 머리가 띵해졌다. 기록하고 싶은 것과 그때를 감지하고 그걸 놓쳐버리면 휘발될까 봐 제때 남겨두려 애쓰는 사람이 곧 작가가 아닐까? 살면서 느끼는 것을 나만의 방법과 도구로 표현해서 남기고 또 나누며 더욱 그렇게 살아야겠다. 꼭 작가가 아니더라도, 꼭 누군가에게 큰 도움은 되지 않는다 할지라도 자신의 발자국과 자신만의 시각을 남기며 걷는다는 것은 멋진 일이니까. 덕분에 오늘도 하나 남겼으니 그걸로 된 거다.

나를 위한 노래

살면서 무지성으로 결정할 수 있는 일은 사실 그리 많지 않다. 그것이 매우 익숙한 일상적인 일이거나 혹은 매우 믿는 사람이 하는 일이 아니라면. 이석원 작가의 특강 소식이 들려왔다. 그럴 리가 없는데. 그게 가능할 리가 없는데…? 우선은 먼저 3회 모두 오프라인 참가신청부터 했다. 하필 일주일에 월화수 3일만 성수에 있는 내게 홍대까지 거리는 딱히 문제가 되지 않았다. 그가 얼마나 열심히 사는 인간인지 알고 있고 또 그런 그의 노력을 나는 신뢰하니까.

운이 따라주는 게 중요하다고 힘주어 말하는 사람들은 그만한 노력을 꾸준히 하는 사람들이다. 그들에게 치열하게 살아가는 자신은 당연히 고정 상수이기에 운이라는 변수까지 따라와 줄 때에만 성과가 난다는 것이다. 그러한 준비도 없이 바라는 운은 그저 막연한 희망 사항에 불과하니까. 그런 그의 결과물이 소위 말하는 흥행이 됐든 안 됐든 그것은 내 선택에 장애가 되진 않는다. 나는 흥한 결과물을 좋아하는 것이 아니라 그런 그의 노력과 삶을 대하는 태도를 좋아하는 거니까.

이석원의 작품은 내가 내 돈 주고 소비하면서도 훔쳐보는 맛이 아주 좋다. 아이러니하게도 그에게는 흥행병이 있고 심지어 일기장을 세상에 펼쳐놓고 살 만큼 솔직한 자신을 드러내는 일에도 거리낌 없는 사람인데. 오히려 자신의 이야기를 세상에 보여주지 못하는 걸 괴로워할 만큼. 이번 강연도 마찬가지로 훔쳐보고 싶다는 욕구가 컸다. 훔쳐보는 관점이 너무 컸던 나머지 세 번의 강연을 모두 참석했음에도 책이나 음반에 사인받을 생각을 전혀 못 했다가 마지막 강연을 듣고 돌아오는 길에 그제야 생각이 날 만큼. 비록 표면적으로는 늘 경직된 표정일지라도 세 번의 강연을 거듭할수록 생기가 도는 그를 보면서 덩달아 나도 힘을 많이 받았다.

남들보다 예민한 사람의 삶은 쉽지 않다. 쉬이 내놓을 수 있는 결과물이 없을 테니까. 나 또한 내가 버거워서 스스로를 미워할 때가 많은데 그런 삶이 억울해서라도 마땅히 결과물은 좋아야 한다며 발버둥 치고 살아가니까. 그런 그가 강연을 통해 스스로 밝힌 바와 같이 그에게 남은 총기 있는 창작의 시간이 10년 남짓이 맞다면 나는 과연 얼마만큼을 더 훔쳐볼 수 있을 것인가? 가장 중요한 것은 내가 무엇을 하고자 하는지를 스스로 분명하게 알고 그것을 타인에게 설명할 수 있어야 한다는 그의 말처럼, 그 스스로도 이번 강연을 통해 하고자 하는 것들을 여럿 얻은 것처럼 보여서 나도 설렌다. 할 말 있는 예술가의 작품은 늘 기대가 되니까.

이석원 나를 위한 노래

그해 여름 내가 들었던 세 번의 강연은 결국 이렇게 책이 되었다. 책이 될 수도 있을 거란 예상을 나는 왜 안 해봤단 말인가? 세 번 모두를 직관했음에도. 생각에서 비롯된 말과 글이 실은 다를 바가 없다는 걸 모르지는 않았음에도.

그리고 12월 5일, 작가님과의 만남에 당첨되었다는 연락을 받았다. 불안불안하더라니. 삶은 참 재밌다. 오늘 무엇을 행한다 한들 내일은 어떤 일이 벌어질지 알 수 없으니. 그러니 계속해야 된다. 뭐가 됐든. 아 그리고 이번엔 여기저기다 잔뜩 받을 거다. 작가님 사인.

나를 위해 이어지는 노래

삶은 여전히 재미지다. 살짝 어렴풋하긴 한데 일전에 들은 류준열의 얘기였던가, 지하철을 타고 가다 바로 앞에 있던 사람이 때마침 본인 영상을 보다가 눈이 마주친 적이 있었다고. 보고 있던 영상 속 자신과 그 앞에 나타난 본인의 얼굴을 몇 번이고 번갈아 보더라는 그 장면이 내가 듣기에도 신기하고 재밌었는데, 내게도 그런 일이 일어날 줄이야. 물론 내 경우에는 그만큼 완전한 우연이라고는 할 수 없겠지만. 홍대는 사실 어쩌다 강연을 듣거나 아주 가끔 타투 할 때가 아니면 갈 일도 잘 없다. 실은 좋아하는 공연조차도 위치가 홍대라면 주저하는 편이라. 이제는 너무 붐비는 곳은 부담스러워서. 그럼에도 내가 홍대를 간다고 하면 그건 정말 그럼에도 무릅쓰고 가는 거다. 덕분에, 올해 네 번이나 홍대로 초대해 준 작가님을 만나러.

떡볶이 얻어먹으러 성수에서 택시 타고 가는 길에, 좀 쉬려고 이어폰을 꽂고서는 당연히 오늘만큼은 이발관 노래를 들었다. 뭐랄까, 마음의 준비가 필요하니까. 어제는 유독 〈작은 마음〉 베이스 라인이 내적 댄스를 불러일으킨 나머지 한 곡 반복을 켜둔 채 택시를 내려서는, 지도 보랴 건물 올려다보랴 두리번거리며 걷다가 그분을 알현하게 된 거다. 얼굴을 올려다보기 전까지는 나와 비슷한 처지겠구나 생각했던 건 어디까지나 비밀인 거다. 지금 쓰면서도 또 듣고 있다는 것도. 뭐 하나 꽂히면 며칠간은 한 놈만 패는 거다, 늘 그래왔듯이. 덕후 어디 안 간다.

그런데 아마도 먼저 호호시스터점을 올라갔다가 다시 내려왔나 보다. 생각보다 비좁았던 건지 바로 근처에 호호피크닉점도 있는데, 나더러 지도 좀 잘 보느냐고 물었다. 그렇게 둘이 "나란히" 걸어서 도착하니 다행히도 자리가 있어서 먼저 자리 잡고는 한 오 분 십 분 대화를 하다가 나머지 당첨자분들을 모시고는 다시 왔다. 실은 나도 어딜 가든 내 마음이 편하려면 먼저 움직여서 자리를 잡아야 되는데, 역시 그 작가에 그 독자인 거다. 뭐 그럴 틈도 없이 내리자마자 바로 마주쳐 버렸으니. 덕분에 머릿속으로 여러 번 시뮬레이션했던 건 딱히 소용이 없었지만, 동시에 긴장할 새도 없이 편안하고 은혜로운 자리였다. 나머지 두 분이랑 셋이서 작가님 앞에 두고 서로 작가님 덕질하는 얘기도 재밌었고. 네 번의 만남 끝에 드디어 여기저기 받아온 사인도 너무 뿌듯했다. 들으면서도 읽으면서도 물론 그랬지만 쓰면서는 더더욱 위대해 보이는 우리 작가님. 맥주 한 잔 따라드리는 영광, 악수한 것도 영광이지만 그중 으뜸은 책 제목 좋다고 칭찬받은 거다. 그 여름 내가 들었던 세 번의 강연, 그 나비 효과는 대체 어디까지 가는 것일까. 어쩐지 나를 위해 계속 이어지고 있는 것만 같다. 사실 뭐 떡볶이가 중요하겠나, 맛이 중요하겠나. 덕후 어디 안 간다.

배고플 때 넌 네가 아니야

　전공자도 아닌데 악기를 잘 다루는 어른을 보면 참 멋 있고 부럽다. 나는 여태 뭐 했나 싶고, 지금은 너무 늦었겠 지 싶으면서도 누구나 그런 희망 하나쯤은 품고 살아간다. 그런 나도 어쩌다 동경하던 피아노를 덜컥 배운 적이 있었 다. 역시나 요즘은 마음만 먹으면 뭐든 배우기 좋은 세상인 게 잠깐만 찾아봐도 아나나 다를까 성인 전문으로 특화된 학원이 많았고 커리큘럼 또한 잘 되어있었다. 다만 다니다 보니 단순히 1주일에 1번 수업을 듣는 건 일도 아니었다. 문 제는 다음 수업을 듣기 위해 할애해야 되는 연습 시간이었 다. 그렇지 않으면 수업 진행 자체가 안 되니까. 그날 수업 을 통해 당장 뭔가를 얻는다기보다는, 듣고 나서 혼자서도 연습이 가능케 하기 위한 것임을 알아차리기까지는 채 얼마 걸리지 않았다.

　그래, 돌이켜보면 배움의 과정은 모두 엇비슷했다. 누

군가가 옆에서 등 떠밀며 떠먹여 주기보다는 스스로 탐구하는 시간만이 비로소 나의 것을 만들어주니까. 피아노라고 해서 여느 배움과 다를 리 없다는 걸 스승을 만나고 연습도 하다 보니 다시금 떠올리게 되었고 동시에 신선한 설렘도 가져다주었다. 그게 무엇이든 친해지기 위해서는 우선 함께 하는 시간이 필요하다. 피아노 또한 마찬가지로 될 수 있으면 자주 만나고 손도 맞대고 해야 친해질 수 있다. 내가 필요할 때만 가끔 찾는 그런 사이가 아닌 시시콜콜한 일상마저 공유하는 그런 친구가 되어야만 했다. 그러던 와중에 코로나가 와서 다시 소원해지고 말았지만.

독서가 좋다는 걸 모르는 사람은 아마도 없을 것이다. 다만 그것을 숨 쉬듯 습관으로, 삶 속에 녹여내기가 어려울 뿐. 어른의 무게감은 아마도 이제 알 건 대충 안다는 데에서 비롯될 것이다. 무엇이 옳고 그른지를 명확히 안다는 것은 곧 그에 따른 부끄러움도 안다는 뜻이니까. 애들이 뭘 몰라서 저지르는 잘못은 귀엽다고 봐준다지만, 어른에게는 그런 관용이 자주 허락되지는 않는다. 비록 다 큰 어른이라고 해서 성인의 경지에 이른 군자의 삶을 다는 모를지라도 어렴풋이는 알 수 있기에. 다만 그렇게 살아낼 수 없을 뿐이다. 저마다의 선택을 하고 그것을 행하며 그만큼의 책임만 지고 살 수 있다면 다만 그뿐이다.

어떠한 상황에 놓이더라도 썩 괜찮은 선택을 할 수 있을 것 같다는 근자감이야말로 독서를 하며 얻은 가장 큰 자신감이다. 바꿔 말하자면 지금 이걸 읽지 않으면, 내일의 자신에게 기어코 미안할 그릇된 선택을 하게 될지도 모른다는 두려움이 밀려오는 동시에 '나 말고는 이런 걸 다 읽으며 생각하며 살아간다고?' 라는 불안함도 생긴다. 막상 해버리고 나면 개운한데, 하지 않으면 뭔가 불안한 마음이 드는 대상이 많아질수록 생은 바빠지게 마련이다. '배고플 때 넌 네가 아니야' 라는 스니커즈 광고 카피처럼 뭔가를 읽고 있지 않을 때 내가 나 같지 않다면, 독서는 이미 당신의 삶 속에 스며든 것이다. 비단 독서가 아니더라도 배우고 깨달을 수만 있다면 뭐든 상관은 없지만, 이왕이면 활자를 가까이 하고 사는 걸 추천한다.

세종대왕이 백성을 어여삐 여긴 덕분에 세상에서 가장 쉬운 문자를 만드셨지만, 머쓱하게도 실질적 문맹이라는 말이 탄생해 버린 시대다. 이 시대를 살아가는 우리는 처음부터 당연하게 누려온 것이 한글이라 그 소중함을 간과하고 살아온 것은 아닌지, 지금부터라도 더 어여삐 여기고 살아가야 하는 것은 아닌지 살펴야 한다.

공부의 본질, 왜 해야 하는가

독서를 즐긴다면 누구나 엇비슷하리라 생각하지만, 나는 주로 읽다 말고 다른 책을 주문하는 편이다. 읽다 보면 그때그때 꽂혀서 구하고 싶은 한 가지의 주제를 따라가기도 하고 혹은 그 작가의 다른 저서를 따라가기도 하니까. 최근에는 이어령 선생님의 『눈물 한 방울』을 독서모임 '해우서'에서 선물 받은 걸 계기로 집에 있던 이어령 선생님 책을 찾았다. 장모님이 주신 『마지막 수업』에 이어 내 돈 주고 산 『거시기 머시기』까지 모두 선생님의 말씀을 뒤늦게나마 추적하는 중이다. 덩달아 애들한테는 이어령의 춤추는 생각 학교 시리즈 10권 전집을 한 번에 사다 주기도 했다. 한 사람의 사고를 읽다 보면 자연스레 그의 시선을 좇게 마련이고, 좋은 것은 당연히 아이들에게 먼저 주고 싶은 것이 어쩔 수 없는 부모의 마음이니까.

최재천 선생님의 경우는 TV나 유튜브에도 자주 등장하

서서 그분의 말씀을 조금은 들어본 적이 있었다. 사실 『최재천의 공부』도 출간 당시 유튜브로 먼저 접하고 책을 받아둔 지는 벌써 네 달이나 지났다. 이렇게나 갑자기 강연을 듣게 될 줄이야, 그것도 집 앞에서. 이럴 줄 알았다면 다른 읽고 쓰던 거 제쳐두고 먼저 읽을 걸 그랬다. 다른 공부 하느라 정작 '공부'는 읽지도 못했는데. 열심히 읽고 손때 묻은 책이라야 사인해 달라고 당당히 내밀어 볼 텐데 성격상 차마 새 책으론 그러질 못한다. 꽤나 일찍 도착했음에도 입장 후 얼마 지나지 않아 소공연장이 가득 메워졌다. 물론 평일 오전 시간대라 더 그렇겠지만 대부분이 주부로 보였고, 여길 채운 이 많은 사람들이 과연 학생으로 온 건지 학부모로서 온 건지 우려 섞인 궁금증이 일었다.

　이른바 학부모의 태도로 온 사람이라면 듣고 싶은 이야기가 답으로 정해져 있을 텐데, 고객 친화적인 강의가 되어버리면 어떡하나 내심 걱정하며, 옆에 앉아있는 아내에게 물어봤더니 자기는 반반이라고 했다. 섣부른 우려와는 다르게 또 감사하게도 선생님의 강연은 학부모 친화적이지 않았다. 나는 소위 말하는 삐딱이 취향이다. 선생님께 끌린 이유도 어딘가 모르게 풍기는 삐딱이 향기 때문이었을지도. 강연에 주어진 90분 중 무려 80분을 학생들을 위해 할애하셨고, 나머지 10분 동안만 학부모들에게 말씀하셨다. 요즘 아이들은 이미 그 시절의 우리보다 훨씬 더 훌륭하다고. 좋아하는 걸 그저 열심히 하다 보면 굶지는 않는다고. 그러니 학원 좀 덜 보내고 그냥 내버려 둬 보기도 하라고.

살아보니 나도 그랬다. 일이든 공부든 누가 시킨다고 해서 될 종류의 것들이 아니다. 자의적인 동기 없이는 깊이가 생기기 어려우니까. 내가 진짜 좋아하고 하고 싶은 일은 누가 뜯어말린다고 해서 멈출 수 있는 일이 아니다. 내가 무엇을 좋아하는지도 모르고 살아가는 어른에서 먼저 벗어나는 것이야말로 부모에게 주어진 가장 큰 숙제이자 공부일지도 모른다. 공부하며 살아가는 부모가 공부하는 자녀를 이해할 것이고, 누군가의 흥미를 이해하는 것도 내가 먼저 흥미를 갖는 것으로부터 시작될 테니까. 정작 부모 자신들도 이루지 못한 흥미를 따라가는 공부야말로 진짜 물려주어야 할 유산이다.

삶이란 저마다의 올림픽

대한민국 최초 아카데미 수상자, 47년생 배우 윤여정. 우리가 그녀를 사랑할 이유는 본업인 연기 말고도 무수히 많지만 특히, 얼마 전 방영한 '뜻밖의 여정'에서 촬영을 위해 고생하는 스텝을 보며 "난 열심히 하는 모습을 보면 그렇게 안됐어." 열심히 하는 그 모습이 딱하고 안쓰럽다며, 먼저 밥부터 먹으라고 챙기는 모습이 어찌나 아름답던지.

누구보다 애를 쓰며 살아왔을 그녀이기에 타인의 분투를 차마 모른 체하기는 어려웠으리라. 애를 쓰는 인간은 이토록 아름답기에. 차마 돕지 않고서는 버티지 못할 만큼. 어쩌면 그보다 더 안아주고 싶었던 건 정작 본인이었을지도 모른다. 자신조차 껴안을 겨를이 없을 만큼 치열했던 지난날의 자신을. 인간다운 인간으로 살아가기 위해 우리는, 그래서 해야 되는 일보다는 그럼에도 불구하고 해야 되는 일들을 더 많이 하며 살아가니까. 애쓰며 살아가는 인간이 아

름다운 이유는 다만 이처럼 인간답고자 하는 노력 때문이
아닐까? 더군다나 다움이란 두 글자는 쉬이 얻어지는 것이
아닌 오히려 노력의 원천에 가깝고, 그래서 좋은 것은 그럼
에도 불구하고 좋은 것에 비견될 바가 아니니까.

　　메달 색깔이 그 사람의 노력을 규정하는 것은 아니다.
변해가는 시대만큼이나 올림픽을 바라보는 관점도 예전과
는 많이 바뀌었음을 느낀다. 선수가 다름 아닌 자신의 한계
와 싸우고 있음이 느껴질 때, 타인과의 경쟁은 더 이상 문제
가 아닐 만큼 무의미해지니까. 그래서 우리는 압도적인 기
량으로 메달을 거머쥐는 선수보다는 가까스로 다음 토너먼
트를 따내는 모습에 더 큰 감동을 느끼곤 한다. 이처럼 스포
츠가 주는 감동도 자신의 한계를 뛰어넘어 보려는 인간의
노력 그 자체에서 나온다. 애를 쓰며 살아가는 인간은 이토
록 아름답다.

아름다운 존재

생을 살아가다 보면 누구나 저마다의 시각이 생기게 마련이지만, 겸양이 몸에 밴 한국인들은 솔직한 나를 내비치는 것조차 어려워하는 경우가 많다. 어쩌면 겸양의 태도를 취할 때의 내 모습이야말로 내가 되고 싶은 타인을 위한 나일 테니까. 작가가 퇴고를 하는 것처럼. 이처럼 겸양이라는 이름의 미덕으로 인해 내가 원하는 것조차 사양하는 바람에 아쉬워해 보지 않은 한국 사람은 아마 없을 것이다. 겸양이란 마음이 시키는 일이자, 법이 아닌 도덕에 속하기 때문이다. 이제는 법을 다루고 만드는 국회의 청문회에서조차 위법은 아니지 않느냐고 당당히 반문하는 고위 인사들을 심심찮게 볼 수 있는 것처럼, 도덕을 지키지 않는다고 해서 감옥에 가는 일은 없다. 단지 저마다 그것을 바라보고 대하는 관점의 차이로 인해 생기는 혼란은 다만 세상을 어지럽힐 뿐이다.

누군가는 그 틈을 타 욕망을 드러내기도 하고, 또 다른 누군가는 그 틈을 방어기제로 스스로 메꿔가며 살아가기도 한다. 저마다의 간극이 그렇게 벌어질 대로 벌어지다 보면, 지금과 같이 중간은 없고 결국 양극단만 존재하게 된다. 이른바 양반으로 살아가기에는 어려운 세상에, 굳이 겸양이란 미덕을 쌓아가며 사는 것이 맞는가라는 질문에 대한 답은 뉴스를 통해서도 쏟아지고 있다. 번영 이전에 생존이 먼저인데, 그마저도 위협받는 세상이 되어버린 것을.

아무런 이유도 조건도 바라는 대가도 없는 그럼에도 불구하고의 일들이 사라져 버린 세상은 삭막하기 그지없다. '말하지 않아도 알아요, 눈빛만 보아도 알아요'는 그저 노래 가사 안에서만 남아있는 걸지도 모른다. 그럼에도 불구하고 행하는 것들은 그래서 행하는 것들에 비할 바가 아니고, 모두가 도인처럼 성인처럼 살 필요도 없지만, 어쩐지 서글픈 것은 사실이다. 내가 먼저 누군가에게 도움이 되고 위로가 될 수 있었더라면, 지금처럼 위로를 남발하는 세상이 되지도 않았을 텐데. 그랬더라면 이유 없는 선행에 대한 반응도 지금처럼 의심의 눈초리가 먼저는 아니었을 텐데. 남에게 피해를 주지 않는 것이 먼저인 나부터도 어쩌면 피해를 받지 않기 위한 방어기제의 측면일지도 모르니까.

한때 인문학의 열풍이 일었던 것처럼 한 번쯤은 도덕의 바람도 불어오기를 바라본다. 사람을 위로하는 것이 인문학이라면, 누구를 위로할 일도 위로를 받을 일도 소멸시키는 것이 내가 먼저 행하는 도덕의 가치일지도 모른다. 돈이 되기 때문에 덕을 쌓는 것이 아닌, 돈보다는 덕을 쌓는 일. 그래서의 일이 아닌 그럼에도 불구하고의 일. 너무 아름다운 나머지 가만히 들여다보게 되는 것들, 당장 쓸모는 없는 것들이 대개 그렇다. 쓸모도 이유도 없지만 그저 아름답기만 한.

공부하는 목적이 그 효용에 있는 거라면, 위법은 아니지 않냐는 말을 내뱉어 대는 공직자와 범죄자는 별반 다를 바가 없다. 법 없이도 살 수 있는 이들 앞에 법이란 정작 알아야 할 이유 또한 없는 것일 테니. 공직자의 도덕성 검증 과정에서 법을 먼저 언급하는 자가 있다면 그자부터 먼저 의심해도 된다. 법 없이는 이미 살아갈 수 없는, 누구보다 법을 잘 알고 그것을 필요로 하는 자들일 테니. 법조차 피해 갈 수 있는 그들 앞에 도덕이라고 무슨 의미가.

언젠가는

　열정이라는 것은 어떤 일을 하더라도 점차 식어갈 수밖에는 없으니, 이제는 열정보다는 여유로 해도 되지 않겠느냐는 말은 조금 지쳐버린 누군가를 위로하기에는 더없이 좋은 문장이다. 다만 나는 믿고 싶다. 열정이라는 것은 점차 식어갈 수는 있겠으나, 그 존재만큼은 아예 소멸하는 것이 아닌 다만 옮겨가는 거라고. 열정의 시작은 곧 무언가를 향한 관심이자 좋아하는 마음이기에, 아직은 그것을 잃은 삶을 상상하고 싶지 않다. 조금 좋아하는 것은 언제나 쉽다. 문제는 언제나 많이 좋아하고 사랑하는 것들이다. 열렬히 사랑하는 것을 대할 때의 우리는 어쩔 줄 몰라서 애지중지할 수밖에 없으니.

　볼 수 있다고 해서 들을 수 있다고 해서 모두에게 주어지는 것이 아니라서 더 값지고 감사한 건지도 모르겠다. 누구나 다 알아봤더라면 하나도 특별하지 않았을, 내가 원하면 언제든 찾을 수 있는 내 것이지만 새삼스러운 그런 날이 오늘이다. 매일 아침 다시 눈을 뜬다는 것이 모든 사람에게 해당하는 축복이 아닐지도 모른다. 동시에 내일 하고 싶은 게 없다는 상상만으로도 두려운 지금의 나도 언젠가는, 열정보다는 여유로의 삶을 머리로 이해만 하는 것이 아니라 가슴으로 받아들이고 또한 온전히 즐기며 살아가고 싶다. 다만 아직은 때가 아닌 거라 믿으며. 아예 모르는 것만도 못한 어설픔. 그것을 들키고 싶지 않은 얄팍한 생각이 들면서도 더는 배우려 들지 않는 누추한 마음으로 오늘을 살아가진 말아야겠다. 어설프게 아는 것만큼 위험한 건 어디에도 없을 테니.

Now is the time

　얼마 만에 6개월 치 일정 정리를 했는지 모르겠다. 시작은 이랬다. 집에서 식사를 하던 중 오랜만에 참치 얘기가 나와서 돌아오는 토요일 저녁에 먹고 오던 길에, 비행기 성인 요금 기준이 만 12세 이상부터라는 아내의 얘기가 도화선이 된 것이다. 내년에 6학년이 되는 큰 딸아이의 생일이 하필 3월이라 이번 겨울방학이 지나면 성인 요금을 내야 한다고. 요금 혜택을 볼 수 있는 마지막 기회라면 조금 더 쓰더라도 이왕이면 더 먼 곳이 합리적 선택이 될 수밖에 없었다. 뭐, 오늘 비싼 건 내일은 더 비싸지니까. 미안하게도 딸들이 어리고 아직은 많이 걷기 힘들다는 이유로, 애들은 매번 맡겨 두고 아내와 나만 파리를 두 번이나 다녀왔다. 그때마다 에펠탑이 새겨진 선물을 사 온 덕분에 파리는 이미 아이들에게도 동경의 대상이 되었고, 미술관 박물관 투어 등을 놓고 따져봐도 좋은 선택이기에 자연스럽게 목적지는 정해졌다.

달력을 한참 들여다보다 결국 정해진 답에 가까운 일정을 찾아냈고 어젯밤 비행기 결제까지 마쳤다. 아직은 9월이지만 새 글을 쓸 수 있는 것도 10월까지만 가능하다. 11월에는 전반적인 퇴고에 집중해서 원고 전체를 넘겨야만 하니까. 그래야 12월 연말까지는 나도 해보지 않아서 모르는 일들을 포함한 출판사와의 조율을 마무리 짓고 마음 편히 떠날 수 있을 거다. 애초에 구정 전에 매년 만들어오던 달력과 함께 지인들에게도 책을 선물할 예정이었고, 3월이 되면 계획했던 대로 4년간 지내던 성수동 숙소도 정리를 해야 한다. 그때까지 6개월밖에 남지 않았고 나름 굵직한 일들의 연속이라 모처럼 달력을 펼쳐 놓고 정리를 하지 않을 수 없었다. 바야흐로 때가 된 건가.

모든 것에는 때가 있다고 했다. 이윽고 그날이 오면, 누가 뜯어말리더라도 반드시 하게 돼있다는 말이겠지만, 어디까지나 전제는 스스로 해야 뭐라도 된다는 거다. 가을이 되고 감 홍시가 익어갈수록, 잘 익다 못해 부드러운 속이 줄줄 터져서 밖으로 새어 나오기도 한다. 돌이켜보면 그때의 내가 그랬듯 지금의 나 또한 여전히 그렇다. 지금이 아니면 결코 쓸 수 없는 이야기들을 쓰지 않고는 못 배기기 때문에 쓰고 있는 것처럼. 지금 글로 붙잡아 두지 못하는 나의 생각들은 나누기는커녕 나조차도 기억하지 못한 채 놓쳐버리고 말 테니. 어쩌면 생애 가장 뜨거웠을지도 모를 12년이라 이 시기를 놓쳐서는 안 된다.

30대의 미숙했던 내가 어느 것 하나 스스로 선택하고 결정하지 않은 일이 없었다. 어느덧 40대에 접어든 지금의 나는 비록 그때보다 조금은 더 원숙해졌을지는 몰라도, 날것 그대로 뜨거웠던 그때에 비할 바는 아니다. 더 많이 아는 사람이 더 나은 사람은 아니니까. 그저 늘 뭔가를 좋아하고 또 깊게 빠져드는 타고난 기질에 감사할 따름이다. 알고 싶은 것도 배우고 싶은 것도 갈수록 더 많아지는 것도 다 그 덕분이니. 40대에 이르러서도 여전히 모나고 까칠한 내게 남겨진 가야 할 길도 가고 싶은 길도 여전히 많아서 어쩌나 다행인지. 나를 대신해 서울을 꾸려갈 너의 길 또한 계속 그랬으면 좋겠다. 이윽고 너의 시간이 온 거니까.

가시나무

내 속엔 내가 너무도 많아 더러는 내 안의 소녀가 쓰고 간 글도 있었고 때로는 뜨거운 청년의 울분 섞인 외침도 있었겠지만, 부디 제 글로 인해 너무 많이 불편하지는 않으셨기를 이제야 바라 봅니다. 누군가는 제가 걸어온 길보다 조금이나마 순탄하기를 바라고 시작한 글이었으나, 쓰면 쓸수록 어쩌면 그저 저를 위로하고자 썼던 것은 아니었나 하는 의구심에 이따금 뒤돌아보며 반성도 해왔습니다. 덕분에 가시나무 같던 제 마음의 가시가 이제는 많이 떨어져 나간 것도 같습니다. 누군가를 보듬을 준비가 이제는 좀 됐으려나요? 다만 누구에게도 상처를 주지 않는 글은 아무래도 이번에는 실패한 것 같습니다. 그 속에 단언컨대 저 자신보다 타인이 많았다고는 차마 말할 수 없으니까요.

아무쪼록 자신의 내일을 위해 사십시오, 전제는 어디까지나 남을 떠밀거나 폐를 끼치지는 않는 선 안에서. 아울러 남을 밟고 일어서지는 마십시오. 그 대신 오늘 스스로 뭔가를 성취해 가며 내일 일어서십시오. 피동문은 가급적 멀리

하되, 능동문과는 더 친해지십시오.

피동 표현은 주인 없는 말과 같습니다. 야생마는 좀처럼 길들이기 어려우니까요. 행위 주체가 없는 피동문, 그 뒤에 숨어서는 어떤 것도 나아지길 기대하기 어렵습니다. 주체가 없다면, 발전할 대상이나 여지 또한 없다는 뜻이니까요. 그냥 나오는 원단은 없다는 걸 우리 모두는 잘 알고 있듯이 잘 나오든 못 나오든 그냥 나온 원단이나 컬러는 없습니다.

두려울 게 없다면, 아리송한 표현만을 골라 쓸 이유도 없습니다. 성공이든 실패든 제힘으로 어떤 일을 할 때에만 오롯이 경험으로 쌓고 남길 수 있으며, 필요할 때 다시 꺼내 쓸 수도 있습니다. 다른 주체에 의해서 어떤 일을 당하게 되는 피동적 사고와 표현은 경험을 허공에 흩뿌리는 것과 같습니다. 어디까지나 내가 한 일에 한해서만 스스로 바로잡을 수 있고, 내가 당한 일에 대해서는 바로잡기가 어렵습니다. 더욱이 내가 저지른 일도 아닌데 그것을 해결해 줄 관대한 타인이란 없습니다. 우리에게 바쁘지 않은 날이란 없으니까요. 에둘러 말할 수 있는 것은 있어도 에둘러 발전하는 일은 없습니다.

짧고 굵었던 여정이 이제는 정말이지 끝을 향해 가고 있습니다. 단언컨대 제가 앞으로 이 업을 더 할 시간은 지나온 날보다는 짧을 것입니다. 이제 와 뒤돌아보면, 저는 그저 부단히도 제 이야기를 하고 싶었나 봅니다. 꼭 제가 아니어도 남들이 잘 하는 이야기를 왜 그토록 하기 싫어했는지, 이제야 깨달았으니까요. 미처 인지하지 못한 동안의 저도 이미 그렇게 살아왔듯이, 앞으로의 저는 더욱더 제 이야기만을 고집하며 살아가고자 합니다. 제가 사랑하는 원단도 그저 제 얘기를 담아낼 수 있는 익숙한 도구 중 하나였고, 재밌게 잘 놀았습니다. 부단히 자신을 위해, 온전히 내일을 위해 사십시오. 저 또한 그리 살겠습니다.

조금만 더 있으면 마흔 중반에 가까워지는 지금은 이런 것들만 더욱더 간절해집니다. 과연 내게 남은 총기 있는 시간이 얼마일 것이며, 그 총기의 시간 안에 나는 얼마만큼의 내 이야기를 더 남길 수 있을지. 남들도 하는 이야기를 아예 안 할 수는 없어서 더러는 해야겠지만, 그래도 가급적이면 남한테 잠시 빌려온 그런 이야기 말고 되도록이면 제 이야기를 더 해가며 살겠습니다. 하던 짓만 해서는 밥은 먹고 살수 있을지는 몰라도 작품이 나오지는 않을 테니까요. 그러니 더욱 누가 시키지도 않은 짓들만 골라 해가며, 그리 살아보겠습니다. 감사합니다.

그날 이후

갈수록 실제 시간과 제 마음의 시차가 벌어지는 느낌이랄까요? 어느덧 2023년하고도 3월 말입니다. 저는 그간 성수동 숙소를 정리하고는 대구로 복귀했습니다. 이제는 필요할 때만 올라갈 예정이라, 한 주 루틴을 새로이 만들어 가는 과정입니다. 8년을 서울 대구를 오가며 일주일을 쪼개서 살다 보니, 이동시간 하나 없어진 것만으로도 시간을 꽤나 번 기분이네요. 그 덕에 모처럼 운동도 시작했습니다. 실은 내려오기 전부터 구상했던 일이었죠. 성격 어디 가겠습니까? 워낙에 정적인 인간인데다 코로나를 겪으면서는 더더욱 제 자신이랑 친해지는 바람에 좀처럼 밖을 나갈 시간조차 나질 않으니, 이제는 정말이지 몸 생각도 좀 해야겠다는 생각을 했습니다.

제가 뭘 하든 우선적으로 고려하는 건 역시나 제 자신의 지속가능성입니다. 헬스장을 가서 무작정 쇠질을 할 인간도 아니다 보니 공 하나는 무조건 있어야겠고, 누구랑 같이 스케줄 맞춰가며 운동할 성격은 더더욱 안 되다 보니 정작 정답지가 몇 개 남질 않더라고요. 그래서 주 2회 탁구강 습을 받기 시작했습니다. 제시간에 제 몸 하나 탁구장에 도 착시키기만 한다면 꾸준히 할 수 있으리란 판단 때문이었 습니다. 거기엔 관장님도 계시고, 로봇만큼은 언제나 있으 니까요. 남아있는 변수라곤 오로지 저 자신뿐입니다. 우리 가 행복하기 위해서는 물론 자신이 좋아하는 걸 잘 찾아서 행해야겠지만, 행복하지 않은 일을 되도록 피하는 것 또한 좋은 방법입니다. 나 아닌 변수들에서 벗어나 그저 나 하나 만 잘 쓴다면 행복에 조금 더 가까이 닿을 수 있으리라 믿습 니다.

며칠 뒤면 3년 만에 도쿄로 시장조사를 떠납니다. 늘 그 래왔듯이 문익점의 마음으로. 실은 그 외에도 지금 개발 중 인 아이템이 여럿 있고요. 할 이야기만 명확하다면 개발은 언제나 재미있습니다. 반대로 할 말이 딱히 없는데도 부득 이하게 말을 해야 할 때 우리는 어쩐지 횡설수설하게 됩니 다. 거길 다녀오면 또 제가 하고 싶은 말도 아울러 보태고 싶은 말도 더 생기겠지요. 좋은 아웃풋을 내려면 언제나 인 풋 또한 못지않게 중요합니다. 물론 어디까지나 나라는 필 터를 거쳐서 나오는 결과여야겠지만요. 그러려면 늘 영감 을 받을만한 대상에 스스로를 노출시켜야만 합니다. 원단 을 만든다고 해서 꼭 원단이어야 하는 건 아니고요. 이를테 면 부지런히 뭘 보러도 다니고, 계절도 제때 느끼고, 책이라 도 보는 와중에 떠오르는 무언가를 표현해 내면 그만입니다. 전제는 단 하나, 어디까지나 염두에 두고는 살아야 합니다. 창작이란 만들어야겠다고 뚝딱 나오는 게 아닌, 만들고 싶은 게 운 좋게 떠올랐을 때 꼭 부여잡아야 제대로 나올까 말까 한 것이니까요. 마음 한편에 붙잡을 무언가를 위한 공간만 비워둔다면, 거길 채울 무언가는 반드시 생기는 거라 믿습니다.

요즘 저는 물건 하나 사기가 너무 어렵습니다. 세상에 그럭저럭 괜찮은 물건은 많지만, 제 성에 꼭 차는 건 잘 없어서요. 늘 뭔가 2% 부족합니다. 그렇기 때문에 명함이 됐든 회사 인쇄물이 됐든 직접 손대지 않고서는 받은 시안 그대로 진행되는 일이 없습니다. 가끔은 제 직업이 헷갈릴 정도로요. 덕분에 이 업을 하면서 본의 아니게 인테리어 경험도 많이 쌓았고, 처음 해보는 일에 대한 두려움이 사라졌습니다.

안 해 본 일을 하는 건 언제나 설레고 재밌는 일입니다. 단지 안 해봤다고 해서 영 못 할 것도 아니고, 와중에 나름의 최선을 해나가는 과정은 언제나 즐겁습니다. 때로는 비전공자의 접근 방식이 오히려 신선하게 느껴지는 경우도 많습니다. 하던 대로 해 오던 대로라는 틀이 없을 테니까요. 이 책 또한 마찬가지입니다. 원단만으로는 다 할 수 없었던 이야기들을 하자니, 다만 글이 아니고서는 불가능했던 것뿐입니다. 특별하게 여기는 일은 특별한 경우가 아닌 이상 특별히 할 일이 없습니다. 그러니 부디 과연 내가?라며 너무 특별하게 여기지만 마시고, 어디 나도 한 번이라며 평범한 일상 속에 스며들 수 있게끔 잘 녹여도 보시길 권합니다. 그러다 보면 깨닫게 될 겁니다. 나라는 사람의 틀을 다만 내가 스스로 규정하고 가둬뒀을 뿐, 세상에 마냥 특별하기만 한 일은 없었다는 것을요. 아마 저는 앞으로도 두 가지 정도는 더 업으로 삼게 될 겁니다. 어느 시점이 되면 해 볼 한 가지를 정해둔 지는 꽤 되었고, 나머지 한 가지는 그냥 비워둔 겁니다. 하고 싶은 게 분명 더 생길 거라서요. 이런 생각을 하고 있자니 지금도 또 설레네요. 내가 해보지 않은 일을 나만의 방식으로 해 볼 생각만으로도요. 꼭 백세시대라서 그렇다기보다는 안 하던 일을 통해 못다 한 이야기를 하고 싶은 마음이랄까요? 다만 지금 하고 있는 일을 통해서도 제 얘기를 충분히 하고 난 다음이 될 겁니다.

감사하게도 제 글을 읽어주신 여러분들께도 이제는 인사를 드릴 때가 됐습니다. 다음번엔 또 어떤 걸 매개로 찾아뵐 수 있을지 아직은 저도 잘 모르겠습니다만, 한 가지만큼은 약속드릴 수 있습니다. 때가 되면 또 제 얘기를 들고 찾아오겠습니다. 다른 위대한 작가들의 책을 읽기에도 바쁜 와중에 하필이면 제 글을 읽어주셔서 진심으로 감사합니다. 아울러 제 글이 뭐라고 받아주신 도서출판 학이사와 신중현 대표님께도 그저 감사할 따름입니다.

레드 카펫이 되는 꿈

지은이 | 피희열
발행인 | 신중현

초판 발행 | 2023년 5월 1일

펴낸곳 | 도서출판 학이사
출판등록 | 제25100-2005-28호

대구광역시 달서구 문화회관11안길 22-1(장동)
전화_(053) 554-3431, 3432   팩시밀리_(053) 554-3433
홈페이지_http://www.학이사.kr
이메일_hes3431@naver.com

ISBN _ 979-11-5854-416-4 03810